KB261574

아담도 이브도 없는

아멜리 노통브 장편소설 | 이상해 옮김

옮긴이 · 이상해
1960년 부산에서 태어나 한국외국어대학교, 동대학원 불어과 졸업.
프랑스 스트라스부르 대학, 릴 대학에서 박사과정 수료.
현재 전문번역가로 활동. 옮긴 책으로는 『낭만적 영혼과 꿈』
『영혼의 산』『베로니카 죽기로 결심하다』『11분』『악마와 미스프랭』
『프랑스 조곡』『황산』『머큐리』등 다수 있음.

아담도 이브도 없는
아멜리 노통브 지음

•

초판 1쇄 발행일   2008년 12월 5일
4쇄 발행일   2011년 5월 23일

•

옮긴이 · 이상해
펴낸이 · 김종해
펴낸곳 · 문학세계사
주소 · 서울시 마포구 신수동 345-5(121-110)
대표전화 702-1800   팩시밀리 702-0084
mail@msp21.co.kr   www.msp21.co.kr
출판등록 · 제21-108호(1979.5.16)
값 11,000원

ISBN 978-89-7075-440-6   03860

Ni d'Eve ni d'Adam

Amélie Nothomb

Ni d'Eve ni d'Adam
by
Amélie Nothomb

아담도 이브도 없는

나에겐 일본인에게 프랑스어를 가르치는 게 일본어를 배우는 가장 효과적인 방법처럼 보였다. 그래서 슈퍼마켓 게시판에 쪽지를 남겼다. '프랑스어 과외, 흥미로운 가격'.

그날 저녁 바로 전화벨이 울렸다. 이튿날 오모테산도의 한 카페에서 만나기로 약속을 잡았다. 나는 그의 이름을, 그는 나의 이름을 전혀 이해하지 못했다. 나는 전화를 끊고 나서야 약속장소에서 어떻게 서로를 알아볼지 정하지 않았다는 사실을 깨달았다. 경황이 없어 전화번호도 굿 물어봤기 때문에 어떻게 해볼 도리가 없었다. '아마 깜빡했다는 걸 깨닫고 그쪽에서 다시 전화를 하겠지 뭐.' 나는 이렇게 생각했다.

그는 전화를 하지 않았다. 전화 속 목소리는 젊게 느껴졌었다. 그게 큰 도움이 되지는 않을 터였다. 1989년의 도쿄에는 젊은이가 드물지 않았으니까. 특히 1월 26일 15시경, 오모테산도의 카페에는.

난 유일한 외국 여자가 아니었다. 아니, 정반대였다. 하지만 그는 나를 향해 곧장 걸어왔다.

"프랑스어 과외 쪽지 남기신 분?"

"어떻게 아셨어요?"

그가 어깨를 으쓱했다. 그리곤 아주 경직된 태도로 자리에 앉아 입을 다물었다. 나는 선생은 나이며, 그를 이끄는 것이 내 역할이라는 것을 깨달았다. 그래서 나는 이런저런 질문을 던졌고, 그가 스무 살에 이름은 린리(Rinri)이며 대학에서 프랑스어를 공부하고 있다는 사실을 알아냈다. 그 역시 내가 스물한 살에 이름은 아멜리이며 일본어를 공부하고 있다는 것을 알았다. 그는 내 국적을 이해하지 못했다. 나로선 익숙한 일이었다.

"이제부터는 영어를 사용할 수 없어요." 내가 말했다.

나는 그의 수준을 파악하기 위해 프랑스어로 대화를 이어 갔다. 그의 수준은 그야말로 한심스러울 정도였다. 가장 심각한 것은 발음이었다. 린리가 나에게 프랑스어로 말을 하고 있다는 것을 몰랐다면, 난 중국어를 막 배우기 시작한 사람과 마주하고 있다고 믿었을 것이다. 어휘력이 빈약한 데다 영어 구문을 서투르게 흉내내고 있었으니까. 그는 부조리하게도 영어 구문을 참조해가며 프랑스어를 구사하는 것처럼 보였다. 그런데 그는 프랑스어과 3학년 대학생이었다.

나는 일본의 외국어 교육이 엉망진창이라는 것을 확인할 수 있었다. 그 수준이면 더는 섬나라 근성 운운할 수조차 없었다.

청년도 상황을 이해했는지 서둘러 사과하고는 입을 다물어버렸다. 대화의 단절을 받아들일 수 없었던 나는 다시 그에게 말을 시켜보려고 시도했다. 헛수고. 그는 마치 썩은 이빨을 감추기 위해서인 양 시종일관 입을 꾹 다물고 있었다. 우리는 막다른 골목에 봉착해 있었다.

그래서 이번에는 내가 일본어로 말을 하기 시작했다. 나는 다섯 살 때 이후로는 일본어를 사용해본 적이 없었고, 16년 만에 '해 뜨는 나라'로 돌아와 보낸 엿새는 그 언어에 대한 내 어릴 적 기억을 되살려놓기에 충분치 않았다. 아니, 어림도 없었다. 따라서 난 유치하기 짝이 없는, 밑도 끝도 없는 횡설수설을 뱉어놓고 말았다. 경찰관, 개, 그리고 꽃이 만개한 벚나무에 관한 얘기였다.

청년은 눈이 휘둥그레져서 내 얘기에 귀를 기울였고 끝내 웃음을 터뜨렸다. 그리고는 나에게 다섯 살짜리 꼬마한테 일본어를 배웠느냐고 물었다.

"그래요." 내가 대답했다. "그 꼬마가 바로 나예요."

그리고 나는 그에게 내 인생역정을 들려주었다. 그것을 프랑스어로 천천히 서술해주었다. 가슴을 찡하게 하는 특별한 감동 덕분에 나는 그가 내 말을 이해한다고 느꼈다.

그는 내 서툰 일본어 실력에 어느 정도 콤플렉스를 벗어던진 듯 보였다.

그가 좀처럼 알아들을 수 없는 프랑스어로 내가 태어나 다섯 해를 보낸 지방, 간사이를 잘 안다고 말했다.

그는 아버지가 유명한 보석세공 학교를 운영하는 도쿄에서 태어났다. 그가 지친 듯 말을 멈추고는 앞에 놓여 있는 커피를 단숨에 들이켰다.

그의 설명은 돌들이 5미터 간격으로 놓여 있는 징검다리를 통해 홍수로 물이 불은 강을 건너는 것만큼이나 힘겨워 보였다. 위업을 달성한 후에 숨을 돌리는 그를 나는 재미있다는 듯 바라보았다.

프랑스어가 다루기 까다롭다는 것은 인정해야만 한다. 나는 내 제자의 입장에 서고 싶지 않았다. 프랑스어 말하는 법을 배우는 것은 필시 일본어 쓰는 법을 배우는 것만큼이나 어려울 테니까.

나는 그에게 뭘 좋아하느냐고 물었다. 그는 한참동안 곰곰이 생각했다. 나는 그의 성찰이 실존적인 성격의 것인지, 아니면 언어적인 것인지 궁금했다. 고민 끝에 툭 튀어나온 그의 대답이 날 당혹감에 빠뜨렸다.

"노는 거요."

장애가 어휘적인 것인지 철학적인 것인지 결정하기가 불가능했다. 그래서 다시 물었다.

"뭘 노는 거요?"(린리가 사용한 단어 'Jouer' 는 전치사 á나 de와 결합하여 '놀이를 하다, 운동경기를 하다, 악기를 연주하다, 연기를 하다, 노름을 하다' 라는 뜻의 타동사로 사용된다. 다시 말해 무위(無爲)를 뜻하는 동양적 의미의 '놀다' 와는 많이 다르다. 화자가 '뭘 노느냐' 고 되묻는 것은 바로 그 때문이다. : 역자 주)

그가 어깨를 으쓱하며 말했다.

"그냥 노는 거요."

그의 태도는 감탄스러울 정도로 세상사에 초연하거나, 혹은 까다로운 언어의 학습을 게을리한 데서 나온 것이었다.

나는 두 경우 모두 그 청년이 훌륭하게 답변을 해냈다고 생각했고, 나 역시 그와 전적으로 같은 의견이었다. 그래서 맞장구를 쳤다. 그의 말이 옳다고, 삶도 하나의 놀이라고,

노는 것이 쓸데없는 짓이라고 믿는 사람들은 아무것도 이해하지 못한 거라고…….

그는 마치 내가 신기한 얘길 해주기라도 하는 것처럼 귀를 기울였다. 외국인과 토론을 벌일 때 편한 점은 다소 황당한 상대방의 표현을 언제나 문화적 차이의 탓으로 돌릴 수 있다는 것이다.

이번에는 린리가 나에게 뭘 좋아하느냐고 물었다. 나는 한 음절씩 또박또박 끊어가며 빗소리 듣기, 등산하기, 책읽기, 글쓰기, 음악 듣기를 좋아한다고 대답했다. 그가 내 말을 끊으며 말했다.

"노는 거네."(번역을 살짝 달리 했지만 린리가 여기서 한 말 역시 'jouer'다. : 역자 주)

왜 했던 말을 또 하는 걸까? 어쩌면 그 점에 대해 내 의견을 묻고 있는 건지도. 그래서 내가 말을 이었다.

"그래요, 나도 노는 거 좋아해요. 특히, 카드놀이요."

이번에는 그가 혼란스러워하는 것처럼 보였다. 나는 공책을 꺼내 카드를 그렸다. 에이스, 클로버, 스페이드, 다이아몬드.

그가 말렸다. 그랬다, 물론 그도 카드가 뭔지는 알고 있었다. 나는 싸구려 교수법을 펼치는 내가 더없이 멍청하게 느

꺼졌다. 그래서 궁지를 벗어나기 위해 떠오르는 대로 아무 말이나 내뱉었다. 어떤 음식 좋아해요? 그가 단호하게 대답했다.

"우르르흐흐."

나도 일본요리는 꽤 안다고 생각하고 있었지만 그런 것은 한 번도 들어본 적이 없었다. 그래서 그에게 설명을 요구했다. 그가 간결하게 반복했다.

"우르르흐흐."

그래요, 근데 그게 뭐죠?

어쩔 줄 모르던 그가 내 공책을 집어 계란의 윤곽을 그렸다. 몇 초 동안 속으로 퍼즐 조각들을 이리저리 맞추던 내가 외쳤다.

"계란!"

그가 바로 그거라는 듯 눈을 크게 뜨고 반색했다.

"외프라고 발음해야 해요, 외프."

"우르르흐흐."

"아뇨, 내 입 모양을 잘 봐요. 입을 더 크게 벌려야 해요. 외프."

그가 입을 크게 벌렸다.

"오르르흐흐."

나는 스스로 물어보았다. 이게 과연 나아진 걸까? 그랬다, 달라지긴 했으니까. 옳은 방향은 아닐지라도 적어도 다른 것을 향해 나아갔으니까.

"훨씬 낫네요." 점점 나아질 거라고 낙관하며 내가 말했다.

내 예의에 만족한 듯 그가 겸연쩍게 웃었다. 나는 그에게 필요한 선생이었다. 그가 나에게 수업료에 대해 물었다.

"좋을 대로 줘요."

그 대답은 통상적인 가격을 대충도 모르는 내 절대적 무지를 감추고 있었다. 내가 나도 모르게 진짜 일본여자처럼 말을 한 모양이었다. 린리가 주머니에서 미리 돈을 넣어둔 예쁜 전통지 봉투를 꺼냈으니까.

영 찜찜했던 나는 봉투를 거절했다.

"이번에는 안 받을래요. 수업이랄 수도 없었으니까. 기껏 해야 소개 정도."

청년은 봉투를 내 쪽으로 밀어놓고는 커피 값을 지불하고 돌아와 다음 주 월요일로 약속을 정했다. 그리고는 내가 돌려주려고 애쓴 봉투에는 눈길 한 번 주지 않은 채 인사를 하고 가버렸다.

염치없게도 나는 봉투를 열어보았다. 6천 엔. 환율이 약한 화폐로 보수를 받으면 엄청 신이 난다. 액수가 늘 놀라울 만큼 크니까. 나는 '오르르흐흐'로 변한 '우르르흐흐'를 떠올리고는 내가 6천 엔을 받을 자격이 없다고 생각했다.

　나는 속으로 일본과 벨기에의 부를 비교해보았고, 그 거래가 광활한 불균형의 대양에 떨어진 물 한 방울이라고 결론지었다. 6천 엔을 들고 슈퍼마켓에 가면 노란 사과 여섯 개를 살 수 있었다. 아담이 이브에게 그 정도는 빚졌다고 봐야 했다. 나는 그제야 편한 마음으로 오모테산도를 돌아다녔다.

1989년 1월 30일. 성인으로 일본에서 보내는 열 번째 날. 일본에 돌아온 이후로 매일 아침 커튼을 젖히면 푸르디푸른 하늘이 눈앞에 펼쳐졌다. 긴 세월 동안 몇 톤은 족히 나갈 듯이 무거운 회색 하늘을 향해 커튼을 젖히며 살아온 내가 어떻게 그 맑디맑은 도쿄의 겨울 하늘에 흠뻑 빠져들지 않을 수 있겠는가?

나는 오모테산도의 카페로 내 제자를 만나러 갔다. 수업은 날씨에 집중되었다. 좋은 생각이었다. 왜냐하면 서로 할 말이 없는 사람들에게 이상적인 주제인 날씨가 일본에서는 주된, 그리고 의무적인 대화 내용이니까.

일본에서는 누군가를 만났을 때 날씨 얘길 꺼내지 않는 것은 예의에 어긋나는 일이었다.

린리의 프랑스어 실력이 지난번보다 훨씬 나아진 것처럼 보였다. 그것은 내 가르침만으로는 설명될 수 없었다. 그가 따로 공부를 한 게 분명했다. 아마 프랑스어권 여자와 대화를 나눠야 한다는 게 그에겐 큰 동기부여가 되었을 게다.

여름의 혹독한 더위에 대해 한창 이야기하던 그가 눈을 들어 막 카페로 들어선 한 청년을 바라보았다. 그들이 눈인사를 주고받았다.

"누구예요?" 내가 물었다.

"하라, 같은 과 친구예요."

청년이 인사를 하기 위해 다가왔다. 린리가 영어로 소개를 했다. 내가 항의했다.

"프랑스어로 해요. 친구분도 프랑스어 전공이라면서요."

프랑스어로 소개를 다시 시작한 내 제자는 갑작스런 언어권 변화 때문에 끙끙 매다가 결국 떠오르는 대로 내뱉었다.

"하라, 소개할게, 여긴 내 정부(情婦, 린리가 사용한 단어는 'maîtresse'로, 유치원이나 초등학교 선생님을 뜻하지만(중학교부터는 professeur다) '정부'라는 의미로도 사용된다. : 역자 주) 아멜리야."

난 터져 나오는 웃음을 억지로 삼켰다. 가상한 노력을 기울인 내 제자의 기를 꺾어놓고 싶진 않았으니까. 난 친구 앞에서 그의 잘못을 정정해주지는 않을 것이다. 체면을 깎아

내리는 일이 될 테니까.

그날은 우연의 일치가 겹치는 날이었다. 이번에는 내가 대사관에서 일하는 벨기에 아가씨 크리스틴이 카페로 들어서는 것을 보았던 것이다. 그녀는 내가 서류 작성하는 걸 도와준 적이 있었다.

내가 그녀를 불렀다.

이번에는 내가 소개를 해야 할 것 같았다. 그런데 아마 내친 김에 반복연습을 해보고 싶었는지 린리가 크리스틴에게 말했다.

"소개하죠, 여긴 내 친구 하라, 그리고 여긴 내 정부 아멜리."

벨기에 아가씨가 날 흘낏 쳐다보았다. 난 아무것도 못 들은 척하며 크리스틴을 그들에게 소개했다. 그 오해 때문에, 그리고 남자를 지배하려는 여자로 보일까봐 두려워 나는 감히 내 제자에게 이래라저래라 할 수가 없었다. 나는 프랑스어로 계속 대화를 이어가는 걸 유일한 목표로 삼았다.

"둘 다 벨기에분이세요?" 하라가 물었다.

"그래요." 크리스틴이 웃으며 말했다. "프랑스어를 아주 잘 하시네요."

"아멜리 덕분이에요. 아멜리를 제 정……."

그 순간, 내가 린리의 말을 자르며 끼어들었다.

"하라와 린리는 대학에서 프랑스어를 공부하고 있어요."

"그렇군요. 하지만 말을 배우는 데는 개인 교습이 더 낫죠, 아닌가요?"

크리스틴의 태도에 짜증이 났지만, 우리는 자초지종을 설명해 오해를 풀어야 할 정도로 가까운 사이가 아니었다.

"아멜리는 어디서 만났어요?" 그녀가 린리에게 물었다.

"아자부 슈퍼마켓에서요."

"재밌네요!"

그래도 최악의 상황은 면했다. 그가 게시판에 붙은 쪽지를 보고 알았다고 대답할 수도 있었으니까.

여종업원이 새로 도착한 손님들의 주문을 받으러 왔다. 크리스틴이 손목시계를 들여다보고는 약속이 있어서 가봐야겠다고 했다. 자리를 뜨는 순간, 그녀가 네덜란드어로 나에게 속삭였다.

"잘 생겼네, 잘해봐요."

그녀가 가고 나자, 그녀가 방금 한 게 벨기에 말이냐고 하라가 나에게 물었다. 나는 긴 설명을 피하기 위해 고개를 끄덕였다. (벨기에에서는 지역에 따라 프랑스어, 네덜란드어, 독일어가 사용된다. : 역자 주)

“그런데도 두 분은 프랑스어를 정말 잘 하네요.” 린리가 감탄조로 말했다.

‘또 오해’, 난 한숨을 내쉬며 속으로 생각했다.

난 더는 기운이 나지 않아 하라와 린리에게 프랑스어로 대화하라고 부탁하고는 얼토당토않은 잘못을 고쳐주는 것으로 만족했다. 그런데 그들이 주고받는 대화가 날 놀라게 만들었다.

“토요일에 우리 집에 놀러올 거면 히로시마 소스 좀 가져와.”

“야수도 우리하고 같이 놀 거야?”

“아니, 걔는 미나미 집에서 논대.”

난 그들이 도대체 뭘 노는지 궁금했다. 그래서 하라에게 물어봤지만 그의 대답 역시 지난 번 수업 때 내 제자가 했던 대답만큼이나 모호했다.

“토요일에 린리하고 같이 우리 집에 놀러 와요.” 하라가 제안했다.

나는 그가 예의상 날 초대하는 거라고 확신했다. 난 그 초대를 덥석 받아들이고 싶었다. 그래도 혹시 내가 가면 제자가 불편해할까 봐 슬쩍 운을 띄워봤다.

“도쿄 지리를 몰라서 제대로 찾아갈 수 있을지…….”

“내가 데리러 갈게요.” 린리가 제안했다.

얼씨구나, 나는 하라에게 고맙다는 인사를 했다. 린리가 과외비가 든 봉투를 내밀었을 때, 나는 지난번보다 기분이 더 찜찜했다. 나는 그 돈을 하라의 집에 들고 갈 선물을 사는 데 쓰기로 마음먹으며 양심을 다독였다.

토요일 오후, 나는 내 숙소 앞에 눈이 부실 정도로 깨끗한 흰색 벤츠가 멈춰서는 것을 보았다. 내가 다가가자 문이 자동으로 열렸다. 운전수는 내 제자였다.

그가 도쿄를 가로질러 달리는 동안, 나는 그의 아버지가 그런 종류의 차량을 주로 타는 야쿠자가 아닌가 하는 생각이 들었다. 나는 그 생각을 속에만 담고 있었다. 린리는 교통이 혼잡해 말없이 운전에만 집중했다.

나는 크리스틴이 네덜란드어로 했던 말을 떠올리며 그의 옆모습을 곁눈질했다. 그녀가 그렇게 말하지 않았다면 난 결코 그가 잘 생겼다는 따위의 생각은 하지 않았을 것이다. 게다가 그가 실제로 잘 생겼는지 확신할 수 없었다. 머리카락을 바싹 깎아 가파른 목덜미와 미동도 않는 이목구비가 인상적이긴 했지만.

그를 만나는 게 이번이 세 번째였다. 그는 매번 똑같은 옷만 입었다. 푸른색 진, 흰색 티셔츠, 그리고 검은색 가죽점퍼. 발에는 우주비행사 운동화. 그는 놀라울 정도로 깡마른 체격을 갖고 있었다.

자동차 한 대가 갑자기 끼어들었다. 끼어들기를 한 것만으로는 모자라는지 운전수가 차에서 내리더니 린리에게 뭐라고 소리를 빽빽 질러댔다. 내 제자는 아주 차분하게 깊이 고개 숙여 사과를 했다. 거친 남자가 씩씩거리거 차로 돌아갔다.

"저 사람이 잘못했잖아요!" 내가 외쳤다.

"그래요." 린리가 침착하게 대답했다.

"그런데 왜 사과했어요?"

"프랑스어로 뭐라고 하는지 몰라요."

"일본어로 말해 봐요."

"칸코쿠진."

한국인. 나는 이해했다. 나는 속으로 내 제자의 예절바른 체념을 비웃었다.

하라는 코딱지만 한 아파트에 살고 있었다. 린리가 그에게 어마어마하게 큰 히로시마 소스 상자를 내밀었다. 벨기에산 맥주 팩을 들고 온 내가 멍청하게 느껴졌지만, 일제히 처음 마셔보게 됐다며 반색을 했다.

하라의 아파트에는 배추를 얇게 썰고 있는 마사라는 청년과 에이미라 불리는 미국 아가씨가 이미 와 있었다. 그 아가씨 때문에 우리는 영어를 사용할 수밖에 없었다. 안 그래도 미운 털이 박혔는데, 내가 유일한 서양여자라는 걸 힘들어할까 봐, 나를 편하게 해줄 요량으로 그녀를 초대했다는 심증이 들자 나는 그녀가 더 못마땅했다.

기회다 싶었는지 에이미는 자신이 타국생활을 얼마나 힘들어하는지 구구절절 늘어놓았다. 그녀가 가장 아쉬워하는 것? '피너츠 버터', 그녀는 진지한 표정으로 말했다. 그녀가 입을 열 때마다 첫 마디는 늘 '포틀랜드에서는……' 으로 시작되었다. 그 외딴 마을이 미국 어느 해안에 위치해 있는지도 모르면서, 있건 말건 아무 관심도 없으면서 세 청년은 예의바르게 그녀의 푸념에 귀를 기울였다. 나는 저급한 반미주의를 혐오했지만, 그것을 이유로 그 아가씨를 싫어하는 걸 스스로 금하는 것이야말로 가장 추접스런 형태의 반미주의일 거라고 생각했다. 따라서 나는 자연스런 증오심에 빠져들었다.

린리는 생강 껍질을, 하라는 새우껍질을 벗겼으며, 마사는 배추를 잘게 써는 일을 마쳤다. 나는 속으로 그것들을 히로시마 소스와 합쳐보았고, 한창 포틀랜드 얘길 하고 있는 에이미의 말을 끊으며 외쳤다.

"오코노미야키 만들어 먹으려는 거군요!"

"아세요?" 하라가 놀란 표정으로 물었다.

"간사이에서 살았을 때 내가 가장 좋아했던 음식이에요!"

"간사이에서 살았어요?" 하라가 다시 물었다.

린리가 아무 말도 하지 않았던 것이다. 아니면 첫 수업 때 내 이야기를 한 마디도 못 알아들었든지. 나는 갑자기 영어를 사용할 수밖에 없게 만든 에이미의 존재를 축복했고, 떨리는 목소리로 내 과거를 설명했다.

"그럼 국적이 일본이세요?" 마사가 물었다.

"아뇨. 여기서 태어났다는 것만으론 충분하지 않아요. 일본 국적만큼 취득하기 힘든 국적은 아마 없을 거예요."

"현지에서 태어나면 미국인이 되는 건 쉬운데." 에이미가 지적했다.

실수를 하지 않기 위해 나는 얼른 대화주제를 바꿨다.

"나도 거들고 싶어요. 계란은 어디 있죠?"

"오늘은 손님으로 왔으니 그냥 앉아서 노세요." 하라가 말했다.

나는 놀 거리를 찾아 주변을 두리번거렸다. 에이미가 당혹스러워하는 내 모습을 보고는 웃음을 터뜨렸다.

"아소부." 그녀가 말했다.

"그래요, 아소부, '투 플레이(to play)', 나도 알아요." 내가 대답했다.

"아뇨, 당신은 몰라요. 아소부는 투 플레이와 같은 뜻이 아니에요. 일본에서는 일을 아무것도 하지 않는 걸 아소부라고 해요."

그러니까 바로 그거였다. 나는 그것을 나한테 가르쳐준 게 포틀랜드 아가씨라는 사실에 격노했고, 그녀를 도로 제자리에 갖다놓기 위해 현학적이고 유치한 복수극에 뛰어들었다.

"아이 씨(I see). 그러니까 라틴어의 '오티움(otium)'과 같은 뜻이군요."

"라틴어?" 질겁한 에이미가 되물었다.

나는 그녀의 반응에 쾌재를 부르며 '오티움'을 고대 그리스어와 비교했고, 포틀랜드 촌 아가씨에게 문헌학을 전공한다는 게 어떤 건지 보여주기 위해 인도 유럽어 어원까지 들먹였다.

나는 그녀의 코를 납작하게 만들어놓은 다음에야 입을 다물고 '해 뜨는 나라' 식으로 '놀기' 시작했다. 나는 오코노미야키 반죽을 준비하고 굽는 것을 지켜보았다. 함께 지글지글 익어가는 배추, 새우, 생강 냄새가 나를 15년 전으로, 인자한 성품의 가정부 니시오 상이 그 후로 내가 두 번 다시 먹어보지 못한 그 진미를 만들어주었던 시절로 실어갔다.

하라의 아파트가 너무 좁아 그 안에서 일어나는 모든 일이 내 눈에 들어왔다. 린리가 점선을 따라가며 히로시마 소스 포장 팩을 뜯어 낮은 탁자 위에 올려놓았다. "홧츠 댓(what's that)?" 에이미가 신음하듯 말했다. 향수에 젖은 나는 팩을 집어 쓴 자두, 식초, 사케, 그리고 콩 냄새를 들이마셨다. 마치 테트라팩으로 마약을 흡입하기라도 하듯.

잘 구워진 오코노미야키 접시가 내 앞에 놓이자, 나는 문명인의 탈을 벗어던지고 아무도 기다리지 않은 채 소스를 듬뿍 뿌린 다음 마구 먹기 시작했다.

지독하게 감동적인, 너무나 간단한 동시에 너무나 섬세하고, 너무나 푸짐한 동시에 너무나 멋을 부린 그 더중음식을 메뉴로 내놓는 일본식당은 세상 어디에도 없다. 다섯 살 적의 나는 니시오 상의 치마폭을 한시도 벗어나지 않았고, 찢어지는 가슴으로 눈을 허옇게 뒤집은 채 빽빽 소리를 질러

대며 그 진미를 내놓으라고 생떼를 쓰곤 했다. 나는 눈을 희멀건하게 뜬 채 관능의 헐떡거림을 내뱉으며 내 오코노미야키를 마파람에 게 눈 감추듯 먹어치웠다.

나는 깨끗하게 접시를 비우고 나서야 다른 사람들이 황당하다는 표정으로 날 쳐다보고 있다는 것을 알았다.

"나라마다 식탁예절은 다 달라요." 내가 더듬거리며 말했다. "여러분은 방금 벨기에인이 어떻게 식사를 하는지 본 거예요."

"오 마이 갓!" 에이미가 외쳤다.

그녀는 그렇게 말할 수 있었다, 그 촌 아가씨는. 그녀는 뭘 먹든 추잉 검을 씹는 것처럼 보였으니까.

하라는 훨씬 내 마음에 드는 반응을 보였다. 날 위해 서둘러 새 반죽을 준비했던 것이다.

우린 기린 맥주를 마셨다. 내가 가져간 시메이 맥주(Chimay, 정통 벨기에산 맥주 브랜드 : 역자 주)는 히로시마 소스와 묘하게 잘 어울렸다. 세르부아즈 맥주(cervoise, 호프를 넣지 않고 보리나 밀로 빚은 맥주 : 역자 주)는 반주용으로 이상적이다.

나는 그날 그들이 무슨 얘길 했는지 기억하지 못한다. 입에 넣고 씹은 것이 온통 날 사로잡았으니까. 내가 내 존재를 뒤흔들어놓는 심원한 기억의 모험을 벌이고 있었기 때문에 그걸 그들과 함께 나누길 기대하는 건 무리였다.

나는 흐릿한 감정적 안개를 통해 에이미가 '픽셔너리' 게임(그림을 그려 단어를 알아맞히는 게임 : 역자 주)을 하자고 제안했고, 우리가 그 단어의 서양적 의미로 '놀았다'는 것을 기억한다. 그녀는 곧 자신의 제안을 후회했다. 일본인들은 개념을 그림으로 표현해야 할 때 아주 강한 면모를 보인다. 내가 황홀경에 빠져 소화를 시키는 동안, 번번이 탈락한 미국 아가씨가 화가 나 소리를 지르는 동안, 세 일본 청년이 승부를 겨뤘다. 그녀는 그나마 내가 있어서 다행이라고 여기는 것 같았다. 내가 그녀보다 더 못했으니까. 내 차례가 돌아올 때마다, 난 감자튀김과 비슷하게 생긴 뭔가를 종이 위에 그려 놓았다.

"컴 온!" 세 청년이 터져 나오는 웃음을 참지 못해 킥킥거리는 동안 그녀가 이렇게 소리를 질러댔다.

우리는 아주 즐거운 저녁시간을 보냈고, 린리가 숙소까지 날 바래다주었다.

다음 수업 시간, 난 그의 태도가 확연히 달라진 것을 알
수 있었다. 그는 이제 나를 선생보다는 친구 대하듯 했다.
나는 잘 됐다고 생각했다. 말하는 걸 덜 두려워하는 만큼 실
력 향상에 도움이 될 테니까. 반면, 그것 때문에 돈 봉투 받
는 게 훨씬 더 불편해졌다.

헤어지는 순간, 린리가 내게 왜 매번 오모테산도의 그 카
페로 약속을 잡는지 물었다.

"도쿄에 온 지 2주밖에 안 돼서 다른 카페는 몰라요. 좋은
곳이 있으면 망설이지 말고 제안해 봐요."

그는 차로 데리러 오겠다고 대답했다.

그 사이, 내가 수강하기로 되어 있던 실무 일본어 강좌가
시작되었다. 나는 그 언어를 배우는 것이 성공의 열쇠라고

믿는 싱가포르인, 독일인, 캐나다인, 한국인들과 함께 수업을 들었다. 이탈리아 남자도 하나 있었는데, 강한 억양을 없애지 못해 얼마 못 가 포기해버렸다.

그에 비하면 집요하게 w를 v로 발음하는 독일인들의 고질적인 실수는 대수롭지 않은 것으로 보였다. 난 늘 그랬듯 단 한 명밖에 없는 벨기에인이었다.

그 주 주말, 난 처음으로 도쿄를 벗어날 수 있었다. 나는 기차를 타고 도쿄에서 한 시간 거리에 있는 소도시 가마쿠라에 갔다. 어린 시절의 한적한 일본을 다시 발견하자 눈물이 핑 돌았다. 구름 한 점 없이 맑은 하늘 아래, 켜켜이 쌓인 기와로 무거워 보이는 지붕들과 한파에 얼어붙은 공기가 여태 날 기다렸다고, 내가 많이 보고 싶었다고, 세상의 질서가 나의 귀환으로 인해 바로잡혔다고, 내 치세가 만년은 갈 거라고 말했다.

나에겐 늘 이런 과대망상적인 서정이 있었다.

월요일 오후, 너무나 하얀 벤츠의 문이 날 위해서 열렸다.

"어디로 가는 거죠?"

"우리 집." 린리가 말했다.

난 기가 막혀 아무 말도 하지 못했다. 그의 집? 완전히 미첬군. 나한테 미리 말해줄 수도 있었잖아. 좋은 교육 받고 자란 일본 남자가 이 무슨 경우 없는 짓이람!

어쩌면 그의 집안이 야쿠자 집안일지도 모른다는 내 예감이 적중했는지도. 나는 그의 손목을 살폈다. 점퍼 소매 밖으로 문신이 삐죽 나와 있진 않을까? 너무나 완벽하게 깎은 목덜미, 그것이 어떤 충성서약을 의미하는 것은 아닐까?

긴 여정 끝에 우리는 내로라하는 도쿄 부자들이 모여 사는 사치스러운 동네 덴엔쵸후(田園調布)에 도착했다. 자동차를 감지한 차고 문이 자동으로 스르르 올라갔다. 집은 60년대 일본인들이 현대성의 극치라고 생각한 모든 것을 재현하고 있었다. 2미터 넓이의 정원이 네모난 그 콘크리트 성을 보호하는 녹색 외호처럼 집을 에워싸고 있었다.

린리의 부모가 날 반갑게 맞아주었다. 그들이 연신 날 '센세(선생님)'라고 부르는 통에 터져 나오는 웃음을 참느라 애를 먹었다. 린리의 아버지는 멋있지만 도무지 이해할 수 없는, 백금 보석으로 뒤덮인 현대예술작품 같은 인상을 풍겼다. 훨씬 더 평범한 어머니는 단정하고 세련된 정장을 입고 있었다. 그들은 나에게 녹차를 대접했고, 수업에 방해가 되지 않도록 서둘러 자리를 피해주었다.

상황에 걸맞은 모습을 보여주려면 어떻게 해야 할까? 그 우주기지 같은 곳까지 와서 제자에게 '외프'를 반복하게 할 수는 없는 노릇이었다. 그는 왜 그곳으로 날 데려왔을까? 그 장소가 나에게 어떤 영향을 끼치는지 이해하고는 있을까? 아무리 봐도 모르고 있는 것 같았다.

"늘 이 집에서 살았어요?" 내가 물었다.

"예."

"멋지네요."

"아뇨."

그에게는 다른 대답을 할 권리가 없었다. 하지만 그 대답이 완전히 틀린 것도 아니었다. 어쨌거나 단순한 집에 불과했으니까. 다른 어떤 나라에서든 그처럼 돈이 긇은 집안은 아마 궁궐에서 살았을 것이다. 하지만 도쿄의 생활수준, 예를 들어 그의 친구 하라의 아파트와 비교할 때 그 빌라의 크기, 기품, 고요는 입이 떡 벌어지게 만들 정도였다.

나는 그 집과 그의 부모를 언급하지 않으려고 애쓰며 그럭저럭 수업을 꾸려나갔다. 그런데 도무지 불펀한 느낌이 가시질 않았다. 누군가 우릴 염탐하는 듯한 느낌을 떨쳐버릴 수가 없었다. 그것은 파라노이아(편집병 · 편집광 : 편집자 주)일 수밖에 없었다. 품위 그 자체인 린리의 부모가 그따위 훔쳐보기 놀이에 빠져들 리는 만무했으니까.

린리도 조금씩 나와 같은 느낌을 받는 듯했다. 그가 경계의 눈길로 주변을 둘러보았다. 그 콘크리트 성에 귀신이 떠도는 것일까? 그가 손짓으로 내 말을 끊고는 발꿈치를 들고 계단곬을 향해 살금살금 다가갔다.

그가 삑 소리를 질렀고, 한 노부부가 상자에서 튀어나온 도깨비처럼 킬킬대며 손가락으로 날 가리켰다.

"센세, 소개하죠, 제 할머니와 할아버지입니다."

"센세! 센세!" 내가 선생이 아니라 슬라이드 트롬본 같다고 생각하는 것처럼 보이는 노인들이 짖어댔다.

"할머니, 할아버지, 안녕하세요……."

내가 말 한 마디, 동작 하나를 할 때마다 두 노인은 미친 듯이 웃어댔다. 그들은 나를 어르듯 인상을 썼고, 손자와 내 등을 마구 두드렸으며, 내 잔에 든 차를 마셨다. 노파가 손가락으로 내 이마를 톡톡 건드리며 외쳤다. "에구, 하얗기도 하지!" 그리고는 남편과 함께 배꼽이 빠져라 웃어댔다.

린리는 미소를 머금은 채 그들을 바라보았다. 나는 그들이 노망이 든 거라고, 정신 나간 노인들을 집에서 돌보는 가족이 정말 대단하다고 생각했다. 십여 분이 지나자 내 제자가 조부모에게 공손히 머리를 숙이고는 많이 놀아 피곤하실 테니 이제 방으로 올라가 쉬시라고 당부했다.

그 끔찍한 노인들은 그러고도 한동안 날 갖고 논 다음에야 방으로 올라갔다.

나는 그들이 말하는 것을 모두 알아듣지는 못했지만 대충 감을 잡을 수는 있었다. 마침내 그들이 사라졌을 때 내가 물음표 담긴 눈으로 청년을 바라보았다. 하지만 그는 아무 말도 하지 않았다.

"아주…… 독특하신 분들이네요." 내가 지적했다.

"늙어서 그래요." 그가 간단하게 대답했다.

"그들에게 무슨 일이 있었나요?" 내가 캐물었다.

"나이가 드셨죠."

분위기가 머쓱해졌다. 억지로라도 대화주제를 바꾸는 수밖에. 뱅 앤 올룹슨 오디오 세트를 발견한 나는 그에게 주로 어떤 음악을 듣느냐고 물었다. 그는 나에게 류이치 사카모토 애길 했다. 우리는 그렇게 서서히 그 어느 때보다 힘들었던 수업의 종착지에 도달했다. 봉투를 건네받았을 때, 난 이번에는 거저 받은 게 아니라고 생각했다. 그가 아구 말 없이 날 바래다주었다.

내가 알아본 결과, 일본에서는 그런 현상이 아주 흔했다. 평생 꿋꿋하게 버텨야만 살아남을 수 있는 그 나라에서는 노년의 문턱을 넘지 못하고 노망이 들어 정신 나간 행동을 하는 경우가 잦았다. 그래도 그 가족은 전통에 따라 그들을 직접 맡아 돌봤다.

나는 그것을 영웅적 행동이라고 생각했다. 하지만 그날 밤 나는 린리의 조부모가 깔깔대고 웃으며 내 머리카락을 잡아당기고 뺨을 꼬집는 악몽에 시달렸다.

눈처럼 하얀 벤츠가 또다시 내 앞에 멈춰 섰을 때, 나는 잠시 타기를 망설였다.

"오늘도 당신 집에 가나요?"

"예."

"당신 부모님, 특히 조부모님께 방해가 되지 않겠어요?"

"아뇨, 다들 여행 가셨어요."

그제야 나는 그의 옆좌석에 앉았다.

그는 아무 말 없이 운전만 했다. 그와 함께 있으면 수다를 떨지 않아도 거북하지 않아서 좋았다. 덕분에 나는 도시를, 그리고 가끔은 믿을 수 없을 만큼 움직임이 없는 내 제자의 옆모습을 더 편하게 관찰할 수 있었다.

집에 도착하자, 그는 나에겐 녹차를 대접하고 자신은 콜라를 마셨다. 내 의향은 물어보지도 않은 채. 일본 문화에 질려버린 그와는 달리 외국 여자가 그 문화의 섬세함을 즐기는 건 당연하다는 듯.

"가족은 어디로 여행 갔어요?"
"나고야요. 조부모님 고향이죠."
"당신도 가끔 가요?"
"아뇨, 따분한 곳이에요."
난 그의 직설적인 대답이 맘에 들었다. 그들은 그의 외조부모였다. 친조부모는 두 분 다 돌아가셨다고 했다. 한결 마음이 놓이는 소식이었다. 따라서 그곳에는 괴물이 둘밖에 없었다.

호기심이 인 나는 감히 그에게 집 구경을 시켜달라고 했다. 그는 전혀 개의치 않았고, 방과 층계의 미궁 속으로 나를 안내했다. 부엌과 욕실에는 최첨단 시설이 즐비했다. 반면 침실들은 아주 소박했다. 특히 그의 침실은. 가구라고 해봤자 책장이 딸린 구식 침대가 고작이었다. 나는 책 제목을 훑어보았다. 그가 가장 좋아하는 작가, 가이코 다케시(開高健, 1930~1989, 소설가, 전통적인 일본 소설에서 벗어나 새로운 현대시민 소설을 창시. 1957년 『벌거숭이 임금님』으로 아쿠타가와상 수상,

1968년 『빛나는 어둠』으로 마이니치 출판문화상 수상. : 역자 주)의 전집, 그리고 스탕달과 사르트르. 사르트르가 그에게서 너무나 이국적인 면모를 발견한 일본인들 사이에서 큰 인기를 누렸다는 건 나도 알고 있었다. 파도에 닳은 조약돌을 보고 구역질을 느끼는 것 자체가 일본인의 정서와는 정반대되는 것이어서 그는 그 낯섦에 매료된 일본 독자들로부터 추앙을 받았다.

책꽂이에 꽂혀 있는 스탕달의 소설은 무척 반가웠고, 동시에 날 놀라게 만들었다. 나는 그에게 스탕달이 내가 섬기는 신들 중 하나라고 말했다. 그가 반색을 했다. 그리고 그 어느 때보다 맑게 웃었다.

"정말 재미있죠." 그가 말했다.

그의 말이 옳았다.

"당신은 훌륭한 독자예요."

"난 이 침대에서 뒹굴뒹굴 책을 읽으며 평생을 보낸 것 같아요."

나는 손에 책을 쥔 채 그곳에서 여러 해를 보낸 제자를 상상하며 감동에 젖은 눈길로 그 침구를 바라보았다.

"그 사이 프랑스어가 많이 늘었네요." 내가 말했다.

그가 설명 삼아 손바닥을 펴 나를 가리켰다.

“아뇨, 난 그렇게 훌륭한 선생이 아니에요. 당신 노력 덕이에요.”

그가 어깨를 으쓱했다.

돌아오는 길에 그가 한 미술관에 붙어 있는, 나로선 도무지 읽을 수 없는 포스터를 바라보며 물었다.

“저 전시회 구경하고 싶어요?”

뭐가 뭔지 도통 알 수 없는 전시회를 구경하고 싶으냐고? 당근이지.

“그럼 내일 오후에 데리러 갈게요.”

그림을 보게 될지, 조각을 보게 될지, 아니면 다양한 거시기들의 회고전을 보게 될지 전혀 모른다는 게 무엇보다 신났다. 전시회에는 늘 그런 식으로, 우연히, 아무것도 모르는 상태로 가야 하지 않을까? 누가 우리에게 뭔가를 보여주고 싶어 한다는 것, 중요한 건 오로지 그것뿐이다.

이튿날 저녁, 난 여전히 전시회 주제를 이해할 수 없었다. 아마도 걸려 있는 그림들은 하나같이 현대적인 것일 테지만, 나는 그것을 확신할 수 없었다. 그것들은 나로선 이렇다 저렇다 단 한 마디도 할 수 없는 얕은 돋을새김 작품들이었다. 나는 얼마 안 가 진정한 구경거리는 전시회장 안에 있다는 사실을 깨달았다. 무엇보다 나를 매료시킨 것은 각 작품 앞에 정중하게 멈춰 서서 심각한 표정으로 한참동안 그것을 관찰하는 도쿄의 관람객들이었다.

린리 역시 그들처럼 했다. 내가 결국 그에게 물었다.

"좋아요?"

"모르겠어요."

"흥미로워요?"

"별로."

나는 웃음을 터뜨렸다. 사람들이 나를 힐끔힐끔 곁눈질 했다.

"그럼 흥미로울 경우에는 도대체 어떻게 하는데요?"

그는 내 질문을 이해하지 못했다.

나도 더 이상 묻지 않았다.

미술관 출구에서 어떤 사람이 광고지를 나눠주고 있었 다. 나는 그것을 해독할 수 없었지만, 광고지를 받아들고 관 심 있게 읽어보는 사람들의 열정이 보기 좋았다. 린리는 내 가 한자를 거의 이해하지 못한다는 걸 잊은 듯했다. 광고지 를 읽어본 후 나에게 보여주며 '거기'도 가고 싶으냐고 물 었으니까. 미지의 뭔가를 가리키는 '거기'보다 더 매력적인 것은 없다. 그래서 나는 열광적으로 응했다.

"그럼 모레 저녁 때 데리러 갈게요."

나는 우리가 반핵시위에 가게 될지, 아니면 비디오영상예술가의 해프닝에 가게 될지, 그것도 아니면 익살꾼의 공연에 가게 될지 전혀 모른다는 생각에 가슴이 설레었다. 어떤 복장을 해야 할지 결정하기가 불가능했기 때문에 나는 그어느 때보다 중성적으로 차려입었다. 나는 린리가 평소 옷차림을 하고 올 거라고 확신했다. 실제로 그는 자기 자신으로 변장을 하고 와서 결국 베르니사주(전시회 전날의 특별초대전 : 역자 주)로 밝혀진 곳으로 날 데려갔다.

그 행사는 내가 나중에 애써 이름을 잊어버린 일본 예술가를 위한 것이었다. 나에겐 그의 그림들이 타의 추종을 불허할 정도로 따분해보였지만, 관람객들은 여전히 각 작품앞에서 그들을 특징짓는 찬탄할만한 존경심과 숭고한 인내심을 가지고 행동했다. 화가가 그곳에 있지만 않았다면, 그날 저녁 파티는 날 인간이라는 종과 화해시켰을 것이다. 쉰다섯 살 정도의 그 남자가 일본민족이라는 사실을 난 좀처럼 믿을 수가 없었다. 그만큼 그는 가증스러웠다. 그런데도많은 사람들이 그에게 축하인사를 건넸고, 터무니없이 비싼그림을 한두 점 사기까지 했다. 그러면 그는 그들을 향해 경멸의 눈길을 던졌다. 아마도 그는 그들을 필요악으로 간주하는 듯 보였다. 나는 그에게 다가가 이렇게 말하지 않을 수 없었다.

"죄송하지만 당신의 그림을 이해할 수가 없군요. 저한테 설명을 좀 해주시겠어요?"

"이해할 것도 설명할 것도 없습니다." 그가 경멸스럽다는 듯 대답했다. "그냥 느끼기만 하면 됩니다."

"그래서 말인데, 전 아무것도 못 느끼겠어요."

"당신한텐 안 된 일이군요."

'그래, 당신 그림 보느라 시간 낭비한 내가 안 됐네.' 나는 이렇게 생각하고 말았다. 나중에 생각해보니 그의 말에도 일관성이 있는 것 같았다. 나는 그 베르니사주에서 당연하게도 나에게 전혀 도움이 되지 않을 가르침 하나를 얻었다. 재능이 있든 없든 내가 언젠가 예술가가 된다면 반드시 일본에서 전시회를 열어야겠다는 것. 일본인 관람객은 세계 최고다. 게다가 후하게 쳐서 사주기까지 한다. 돈은 둘째 치고라도, 예술가에게 그토록 주의 깊게 자신의 작품을 봐주는 관객이 있다는 건 얼마나 멋진 일인가!

다음 수업시간, 린리가 프랑스어의 존대 문제를 다루어달라고 부탁했다. 나는 존대 문제가 까다롭기로 유명한 예절을 지키는 언어 사용자에게 걸림돌이 된다는 사실에 무척 놀랐다.

"그래요." 그가 말했다. "그런데 예를 들어 우린 서로 존대를 해요. 왜죠?"

"내가 당신의 선생이니까요."

그는 군말 없이 내 설명을 받아들였다. 내가 곰곰이 생각해본 다음에 덧붙였다.

"그게 당신에게 문제가 된다면, 앞으로는 서로 말을 놓기로 할 수도 있어요."

"아뇨, 아뇨." 관습으로 여겨지면 무조건 존중하는 그가 말했다.

　나는 보다 일반적인 고찰 쪽으로 수업을 이끌어갔다. 수업이 끝나자 그가 봉투를 내밀며 토요일 오후에 데리러 와도 괜찮은지 물었다.

　"어디 가게요?" 내가 되물었다.

　"놀러요."

　난 그 대답이 무척 마음에 들었고, 그래서 승낙했다.

　나 역시 수업을 듣고 있었고, 내 일본어에도 그럭저럭 발전이 있었다. 그런데 얼마 안 가 그만 밉보이고 말았다. 나는 이해가 잘 안 되는 게 있을 때마다 손을 번쩍 들었다. 많은 선생들이 내가 하늘을 향해 손가락을 쳐드는 것을 볼 때마다 마치 금방이라도 심장마비를 일으킬 것 같은 반응을 보였다. 나는 그들이 나에게 말을 할 기회를 주기 위해 입을 다문다고 믿었고, 그래서 과감하게 질문을 던졌지만, 이상하게도 그들은 늘 떨떠름한 태도로 답변을 해주었다.

　그 현상은 습관적인 내 동작을 본 선생 하나가 목에 핏대를 세우며 나에게 고함을 지른 날까지 계속되었다.

　"그만!"

　모든 학생이 나를 주시하는 동안 난 돌처럼 굳어 있었다.

　수업 후, 나는 사과를 하기 위해, 그리고 무엇보다 내가 저지른 범죄가 무엇인지 알아보기 위해 그 선생을 찾아갔다.

"센세에게는 질문을 해서는 안 됩니다." 선생이 날 꾸짖었다.

"하지만 이해가 안 되면요?"

"그러니까 이해를 해야죠!"

나는 그때서야 일본의 외국어 교육이 왜 효과가 없는지 알 수 있었다.

한 번은 각자 돌아가며 자기 나라를 소개하는 시간이 있었다. 내 차례가 돌아왔을 때, 나는 어려운 과제를 유산으로 물려받았다는 느낌을 떨쳐버릴 수 없었다. 모두가 잘 알려진 나라에 대해 이야기했다. 나는 내 나라가 어느 대륙에 위치해 있는지 조근조근 설명해야만 하는 유일한 학생이었다. 나는 그 자리에 독일 학생들이 있다는 사실을 아쉬워하기에 이르렀다. 그들이 없었다면, 나는 아무거나 주장하고, 오세아니아 대륙 먼 바다에 있는 한 섬의 지도를 보여주고, 선생에게 질문을 퍼붓는 것과 같은 야만적인 관습을 거론할 수도 있었을 것이다. 하지만 나는 고전적인 발표로 만족해야 했고, 발표를 하는 동안 싱가포르 학생들이 손톱으로 금이빨에 긴 음식찌꺼기를 빼내는 걸 참담한 심정으로 바라봐

야만 했다.

토요일 오후, 나에겐 벤츠가 평소보다 더 흰 것처럼 느껴
졌다.

난 우리가 하코네에 간다는 것을 알았다. 그곳에 대해 전
혀 아는 게 없었기 때문에 나는 보충적인 정보를 요구했다.
린리는 잠시 횡설수설한 후에 가서 보면 알 거라고 얼버무
렸다. 수많은 톨게이트로 점철된 그 여정은 나에겐 끝없이
긴 것처럼 느껴졌다.

우리는 마침내 정취 그윽한 구릉과 '토리'(신사 입구에 세우
는 문 모양의 건축물. 신성한 공간과 세속적인 공간을 구분짓는 경계 역할을
한다. : 역자 주)로 에워싸인 넓은 호수에 도착했다. 사람들은
보트나 페달 보트로 뱃놀이를 즐기기 위해 그곳을 찾았다.
뒤뚱거리는 오리 모양의 페달 보트를 보자 웃음이 터져 나
올 것 같았다. 하코네는 계절의 정취를 즐기려는 도쿄 사람
들의 일요일 소풍 코스였다.

우리는 일종의 페리 호를 타고 호수 주변을 구경했다. 나
는 늦둥이의 기저귀를 갈아주며 풍경을 감상하는 일본 가
족, 곱게 차려입고 손을 맞잡은 연인들을 흐뭇한 눈길로 바
라보았다.

"애인을 이곳에 데려온 적 있어요?" 내가 물었다.

"애인 없어요."

"과거에는 있었어요?"

"예, 하지만 이곳에 데려온 적은 없어요."

따라서 그 영광을 누리는 건 내가 처음이었다. 아마 내가 외국 여자이기 때문이었으리라.

배의 확성기를 통해 간드러지는 노래들이 흘러나왔다. 한 토리 근처에서 배가 잠시 기항했다. 우리는 배에서 내려 곳곳에 세워진 표지를 따라가는 시적인 산책을 즐겼다. 커플들이 그 효과를 노리고 조성된 곳에서 걸음을 멈추고 감동어린 눈길로 토리를 통해 호수의 풍경을 바라보았다. 아이들이 연인들에게 낭만으로 가득한 미래를 말해주기 위해 서인 양 끊임없이 재잘거렸다. 나는 즐거웠다.

뱃놀이가 끝나자 린리가 '코리(氷)'를 사주었다. 나는 빻은 얼음에 녹차 시럽을 듬뿍 뿌린 그 빙과를 무척 좋아했다. 씹으면 아삭아삭 소리가 나는 그것을 나는 어린 시절 이후로는 먹어본 적이 없었다.

돌아오는 길에 나는 린리가 왜 하코네를 구경시켜 주었을까 하고 생각해보았다. 나야 물론 그 전형적인 소풍이 더없이 즐거웠지만, 그는 왜 나에게 그것을 보여주고 싶어 했을까? 어쩌면 내가 생각이 너무 많은 것일지도. 일본인들은 지상의 다른 민족들 이상으로 별다른 이유 없이, 그저 다른 사람들이 하기 때문에 이런저런 일들을 했다. 그리고 그건 아주 좋은 일이었다.

나는 린리가 내 집으로 초대해주길 기다리고 있다는 것을 느꼈다. 그렇게 하는 게 최소한의 예절이었을 것이다. 내가 수시로 그의 집을 들락거렸으니까.

하지만 나는 그것을 고집스레 거부했다. 누구든 내 집에 데려오는 것은 늘 끔찍한 시련이었다. 나로선 설명이 불가능한 이유들로 인해 내 집은 본래 드나들만한 곳이 못된다.

내가 독립생활을 시작했을 때부터, 내가 거주하는 곳은 대번에 정치적 망명자들이 경찰이 들이닥치는 즉시 달아날 준비를 한 채 불법 거주하는 다락방의 모습을 띠고 있었다.

삼월 초에 크리스틴에게서 전화가 걸려왔다. 그녀는 엄마를 보러 한 달 동안 벨기에에 다녀올 예정이니 그동안 자기 아파트에서 지내면서 화분을 돌봐줄 수 없겠느냐고 부탁했다. 나는 순순히 응했고, 그녀의 아파트에 들렀다. 나는 내 눈을 믿을 수가 없었다. 그녀는 도쿄의 최첨단 거주지, 미래형 건물들이 훤히 내다보이는 최신식 아파트에 살고 있었다. 나는 입을 다물지 못한 채 모든 것이 자동화되어 있는 그 놀라운 아파트의 기능에 대한 크리스틴의 설명에 귀를 기울였다. 화분들은 내가 한 달 동안 그 궁궐에서 지낼 수 있도록 그 구실 역할을 하는 것이 유일한 목적인 선사시대의 유적처럼 보였다.

나는 크리스틴의 출발을 초조하게 기다렸고, 그녀가 떠나자마자 그 우주기지로 이사했다. 별천지가 따로 없었다. 그곳은 내 집과는 딴판이었다. 방마다 리모컨이 있어서 음악뿐만 아니라 실내온도, 옆방에서 일어나는 일까지도 프로그래밍할 수 있었다. 나는 침대에 누운 채로 전자렌지를 작동시켜 음식을 익힐 수 있었고, 세탁기를 돌릴 수도 있었으며, 거실 블라인드를 닫을 수도 있었다.

게다가 아파트 건물이 미시마 유키오(三島由紀夫, 1925~1970, 소설가, 『금각사』 등 전후세대의 니힐리즘이나 이상심리를 다룬 작품을 많이 썼다. 자위대의 궐기와 각성을 외치며 육상 자위대 본부 총감실에서 할복자살했다. : 역자 주)가 할복을 했던 이치가야 병영 지척에 있었다. 나는 아주 중요한 장소에 거주하는 듯한 느낌을 받았고, 바흐를 들으면서, 그 하프시코드 소리가 환영 같은 도시의 파노라마, 눈부시게 푸른 하늘과 신비스러울 정도로 잘 어울린다고 느끼며 끊임없이 아파트 안을 돌아다녔다.

지능을 갖춘 토스트기가 신비로운 신호음을 내며 알맞게 구워진 토스트를 뱉어냈다. 나는 그 신호음에 완전히 매료되었다. 그래서 각종 가전도구들이 내는 신호음을 이용해 멋진 콘서트를 벌었다.

나는 그곳 전화번호를 단 한 사람에게만 주었고, 그는 지체 없이 전화를 걸었다.

"아파트는 어때요?" 그가 물었다.

"당신한테는 아마 정상적으로 보일 테지만, 나에겐 믿을 수 없을 만큼 놀라워요. 월요일에 수업을 받으러 이리로 오면 보게 될 거예요."

"월요일요? 그럼 글피인데 너무 멀어요. 오늘 저녁에 가도 될까요?"

"저녁 먹게요? 난 요리 못해요."

"내가 알아서 할게요."

내심 반가웠던 만큼 나는 거절할 구실을 전혀 찾아내지 못했다. 내 제자가 적극적인 태도를 보인 것은 그때가 처음이었다. 크리스틴의 아파트가 모종의 역할을 한 것에는 의심의 여지가 없었다. 중성적인 장소는 역학구도를 바꿔놓으니까.

17시, 나는 인터폰 모니터에 청년의 얼굴이 나타나는 것을 보았고, 문을 열어주었다. 그는 금방 산 듯한 새 가방을 들고 있었다.

"여행 가요?"

"아뇨, 여기서 요리를 하려고요."

나는 그에게 아파트를 구경시켜주었다. 물론 그는 나보다는 덜 놀랐다.

"좋네요. 스위스 퐁뒤 좋아해요?"

"예, 왜요?"

"잘 됐네요. 장비를 가지고 왔어요."

나는 일본인들이 이런저런 활동에 필요한 장비를 얼마나 중요하게 여기는지 서서히 발견해나가야 했다. 등산용 장비, 해수욕 장비, 골프 장비 등등, 그리고 그날 저녁에는 스위스 퐁뒤를 위한 장비.

린리의 집에는 다양한 활동을 위해 이미 꾸려진 가방들이 가지런히 놓여 있는 방이 따로 있었다.

내가 황홀한 표정으로 지켜보는 가운데 청년이 그 특수 가방을 열었다. 나는 각각 정해진 자리에서 로켓처럼 생긴 버너, 눌어붙지 않게 코팅 처리된 퐁뒤용 냄비, 발포 폴리스티렌 치즈 봉지, 부동액 백포도주 병, 부패되지 않는 빵 덩어리들이 차례로 모습을 드러내는 것을 보았다. 그는 그 놀라운 것들을 강화유리 식탁에 올려놓았다.

"시작해요?" 그가 물었다.

"그래요, 어서 보고 싶어요."

그가 폴리스티렌과 부동액을 냄비에 붓고, 버너에 불을 붙였다. 하지만 신기하게도 버너는 하늘을 향해 발사되지 않았다. 그리고 그 물질들이 함께 어우러져 다양한 화학적 작용을 일으키는 동안, 그는 가방에서 티롤 지방 분위기가 물씬 풍기는 접시, 긴 포크, 그리고 '남은 포도주를 위한' 잔을 꺼냈다.

나는 스위스 퐁뒤와 아주 잘 어울릴 거라고 생각하며 냉장고에서 콜라를 꺼내와 내 잔에 가득 부었다.

"다 됐어요." 그가 말했다.

우리는 숨을 가다듬으며 마주 앉았고, 나는 포크로 부패되지 않는 빵 조각을 찍어 혼합물 속에 담갔다. 그것을 끄집어내자 환상적인 수의 실들이 곧 형성되었다. 나는 탄성을 내질렀다.

"그래요." 린리가 우쭐대며 말했다. "실들이 아주 잘 만들어졌네요."

알다시피, 그 실들이 스위스 퐁뒤의 진정한 목적이다. 나는 그것을 입에 집어넣고 씹었다. 그런데 아무 맛도 나지 않았다. 나는 일본인들이 유희적 측면 때문에 스위스 퐁뒤를 즐기며, 그 전통 요리에서 마음에 들지 않는 유일한 점, 즉 치즈맛이 제거된 퐁뒤를 만들어냈다는 사실을 깨달았다.

"훌륭하네요."

터져 나오는 웃음을 참으며 내가 말했다.

린리가 덥다며 점퍼를 벗었다. 나는 검은 가죽점퍼를 입지 않은 그를 처음 보았다. 나는 벨기에에서는 스위스 퐁뒤를 붉은 피망과 함께 먹는다고 주장하며 타바스코 병을 가지러 갔다. 나는 빵 조각을 뜨거운 폴리스티렌에 담갔고, 수없이 많은 실들의 그물망을 만들었으며, 내 접시에 노란색 큐브를 올려놓고 그것에서 맛이 나도록 타바스코를 뿌렸다. 린리는 내가 벌이는 수작을 관찰하고 있었다. 그의 눈은 분명히 이렇게 말하고 있었다. '벨기에인들은 정말 묘한 사람들이야. 정신병원에서는 이런 사람들 안 잡아가 두고 뭘들 하는지.'

나는 현대적 퐁뒤에 금방 싫증이 났다.

"자, 린리, 이제 재미있는 얘기 좀 해줘."

"근데…… 나한테 말 놓네요!"

"이런 퐁뒤를 함께 먹었을 때는 말을 놓는 거야."

폴리스티렌이 내 머리 속에서 아직도 발포되며 그 부피 증가를 광기어린 실험의 형태로 합성시키는 게 분명했다. 린리가 얘깃거리를 찾아내기 위해 머리를 쥐어짜는 동안, 나는 버너를 입으로 훅 불어 꺼 그 일본인 청년을 화들짝 놀라게 만들었고, 혼합물을 식히기 위해 남아 있는 부동액을 모조리 부은 다음, 그 끈적끈적한 액체에 두 손을 담갔다.

린리가 비명을 질렀다.

"왜 그런 짓을 해요?"

"어떻게 되나 보려고."

나는 두 손을 끄집어냈고, 그것들을 얽어매고 있는 실타래를 바라보며 키득거렸다. 가짜 치즈의 두꺼운 층이 장갑처럼 두 손을 감싸고 있었다.

"어떻게 씻어낼 거예요?"

"물과 비누로."

"접착성이 너무 강해서 어림도 없어요. 냄비에는 코팅 처리가 되어 있지만, 당신 손은 아니에요."

"어디, 어떻게 되나 보자고."

실제로 누르스름한 내 벙어리장갑은 수도꼭지에서 쏟아
져 나오는 물과 세제에는 끄떡도 하지 않았다.

"부엌칼로 벗겨내 봐야겠어."

린리가 겁에 질린 눈으로 지켜보는 가운데 나는 그 계획
을 실행에 옮겼다. 닥치게 되어 있는 일이 닥쳤다. 나는 손
바닥을 베었고, 비닐로 피복된 살갗에서 피가 솟구쳤다. 나
는 그곳을 범행 장소로 변모시키지 않기 위해 상처를 입으
로 가져갔다.

"내가 해볼게요." 청년이 말했다.

그가 무릎을 꿇고는 내 손을 잡아 이빨로 갉아내기 시작
했다. 물론 그것은 최선의 방법이었지만, 귀부인 앞에 무릎
을 꿇고 손가락을 조심스럽게 잡고는 이빨로 폴리스티렌을
갉아내는 기사의 모습에 나는 폭소를 터뜨리지 않을 수 없
었다. 남자의 친절이 그토록 내 넋을 빼놓은 적은 한 번도
없었다.

린리는 조금도 머쓱해하지 않고 끝까지 갉아냈다. 작업
이 끝없이 길게 이어지는 동안, 나는 상황의 황당함을 인식
했다. 곧이어 그는 나를 개수대로 데려가서 완벽을 추구하
는 장인처럼 세제와 연마 스펀지로 내 손가락을 하나씩 씻

어주었다.

공들인 작업이 마무리되자, 그는 자신이 구해낸 것을 세심하게 살폈고 마침내 안도의 한숨을 내쉬었다. 그 소동은 그에게 카다르시스처럼 작용했다. 그는 나를 품에 안았고 더는 놓아주지 않았다.

이틀날 아침, 손이 말라 아플 정도로 당기는 느낌 때문에 잠에서 깨어났다. 황급히 손에 크림을 바르면서 나는 지난 저녁과 밤을 떠올렸다. 그러니까 내 침대에 아직 남자가 있었던 것이다. 어떤 전략을 써야 할까?

나는 그를 깨워 아주 부드러운 목소리로 내 나라에서는 동이 트기 전에 남자가 돌아가는 게 전통이라고 말해주었다. 그런데 우린 그 전통을 어겼다. 이미 날이 훤히 밝았으니까. 기왕 저질러진 위반은 지리적 거리 탓으로 돌리자. 하지만 그 구실을 남용해서는 안 된다. 린리가 벨기에 관습상 다음에 다시 만나는 것은 허용되느냐고 물었다.

"응." 내가 대답했다.

"그럼 내일 15시에 데리러 올게."

나는 반말에 대한 내 가르침이 결실을 맺었다는 것을 기쁜 마음으로 확인했다. 그가 아주 정중하게 작별인사를 했다. 나는 그가 스위스 퐁뒤 가방을 든 채 멀어져가는 것을 지켜보았다.

혼자가 되자마자 나는 걷잡을 수 없는 기쁨을 느꼈다. 지난밤의 사건들을 떠올리며 폭소를 터뜨리기도 하고 경악하기도 했다. 나를 가장 놀라게 만든 것은 린리의 엉뚱한 행동이 아니라 내가 상냥하고 매력적인 누군가와 관계를 맺었다는 전례 없는 상황이었다. 그는 행동으로나 말로나 어느 순간에도 날 아프게 하지 않았다. 나는 그런 것이 존재하는지 그때까지 알지 못했다.

나는 아주 진한 차 반 리터를 준비했고, 창을 통해 이치가야 병영을 바라보며 그것을 마셨다. 그날 아침, 나는 할복하고픈 마음이 전혀 없었다. 대신 글을 쓰고 싶은 엄청난 욕구가 날 덮쳤다. 도쿄는 충격파에 대비하기를. 보게 될 것을 보게 될 테니까. 나는 땅이 뒤흔들릴 거라는 확신을 가지고 백지에 달려들었다.

그런데 신기하게도 지진은 일어나지 않았다. 우리가 지금 있는 지역을 고려할 때, 대지가 조용한 것은 아마도 지난밤에 일어난 바람직한 사건 탓으로 돌려야 할 이상한 현상이었다.

나는 때때로 글쓰기를 멈추고 유리창을 통해 도쿄를 바라보며 생각했다. '난 여기서 한 남자와 관계를 맺었어.' 나는 그 터무니없는 사실에 놀라워하며 다시 글을 써내려가기 시작했다. 그날은 온종일 그렇게 흘러갔다. 그런 날들은 더없이 기분이 좋다.

이튿날, 여전히 눈부시게 하얀 벤츠가 15시 정각에 도착했다.

린리는 변해 있었다. 운전을 하는 그의 옆모습은 더 이상 예전처럼 굳어 있지도 무정하지도 않았다. 그의 침묵은 묘한 불편함으로 더 깊어져 있었다.

"우리, 어디 가는 거야?" 내가 물었다.

"가보면 알아."

그 대답은 그의 십팔번 중 하나가 될 터였다. 목적지가 거창한 곳이든 초라한 곳이든, 내 질문들은 이제 '가보면 알아 (tu verras)' 밖에 이끌어내지 못할 터였다. 튀베라, 그것은 그 청년의 시테르 섬, 유일한 기능이 자동차가 나아갈 방향을 정해주는 데 있는, 수시로 움직이는 장소였다.

그 일요일의 튀베라는 도쿄에 위치한 올림픽 경기장이었

다. 그 아이디어는 의미가 있다는 점에서 나쁘지 않아 보였다. 하지만 나는 운동경기에는 전혀 관심이 없었다. 가장 숭고한 깃발 아래에서도 경쟁은 결코 날 열광시키지 못했다. 나는 열의 없는 사람이 보이는 적당한 예절을 갖춰 스타디움과 경기시설들을 구경했고, 프랑스어 실력 향상에만 주의하며 린리의 인색한 설명에 귀를 기울였다. 외국어 올림피아드에 참가한다면 금메달은 그의 몫이 될 게 분명했다.

우리는 스타디움 근처를 산책하는 유일한—관례적인 용어를 사용하자면—연인은 아니었다. 나는 그 산책의 '의무코스'적인 측면이 무척 마음에 들었다. 그 나라의 전통은 시간을 어떻게 사용해야 할지 머리를 쥐어짜지 않도록 하루 혹은 평생 커플들이 편하게 사용할 수 있는 일종의 인프라를 구축해놓았다. 그것은 모노폴리와 같은 게임과 비슷했다. 누군가에 대해 뭔가를 느끼신다고? 그렇다면 정오에서 두 시까지 당신이 느끼는 심적 동요의 정확한 성격에 대해 곰곰이 생각해보는 대신, 그 누군가를 우리의 모노폴리, 아니 그보다는 모노필리(모노폴리의 poly 대신 '좋아한다'는 의미의 'philie'를 집어넣어 만든 조어. 굳이 번역하자면 '연애코스게임' 정도가 되겠다. : 역자 주)의 어떤 칸으로 데려가 보라. 왜냐고? 가보면 알게 될 것이다.

튀베라는 최고의 철학이다. 린리와 나는 함께 하는 것, 함께 가는 곳에 대해 아무런 생각도 없었다. 비교적 흥미로운 이런저런 곳을 방문한다는 것을 구실 삼아 우리는 호의에 찬 호기심으로 서로를 탐색하고 있었다. 일본 모노필리의 출발 칸은 나를 완전히 매료시켰다.

린리는 내 손을 꼭 잡고 다녔다. 코스를 도는 남자들 모두 그랬다. 시상대 앞에서 그가 나에게 말했다.

"이건 시상대야."

"아." 내가 대답했다.

수영장 앞에서 그가 다시 말했다.

"이건 수영장이야."

"음, 그렇군." 내가 짐짓 심각한 표정을 지으며 대답했다.

나는 세상 누구와도 자리를 맞바꾸지 않았을 것이다. 난 너무나 즐거웠고, '이건 링이야' 라는 말을 듣기 위해 그를 링 쪽으로 데리고 가기까지 했다. 그 지칭 놀이는 날 기쁨으로 달뜨게 만들었다.

17시, 난 그곳에 온 대부분의 여자들처럼 석류 '코리'를 선물로 받았다. 잘게 빻아 알록달록 색깔을 입힌 그 빙과를 나는 맛있게 씹어 먹었다. 그것이 주변에 널린 관대한 기증자들에게 애정 어린 감시의 표시로 여겨진다는 것을 관찰한 나는 전혀 인색하게 굴지 않았다. 이웃여자들의 반응을 흉내내는 재미도 꽤 쏠쏠했다.

해가 저물자 날이 쌀쌀해지기 시작했다. 나는 린리에게 모노필리에는 저녁에 무엇을 하는 걸로 되어 있느냐고 물었다.

"뭐라고?" 그가 되물었다.

나는 그를 당혹감에서 해방시켜주기 위해 크리스틴의 아파트로 초대했다. 그는 마음이 놓이는 듯 행복한 표정을 지어보였다.

튀베라가 도쿄의 최신식 건물 안보다 더 환상적인 적은 없었다. 내가 문을 열자마자 바흐의 음악이 울려 퍼졌다.

"이건 바흐야." 내가 말했다.

이번에는 내 차례니까.

"나도 무척 좋아해." 린리가 말했다.

내가 돌아서서 손가락으로 그를 가리키며 말했다.

"이건 너야."

사랑을 나눈 후에는 더는 규칙이 없었다. 베개 가에서 난 누군가를 발견했다. 그는 나를 오랫동안 바라보았다. 그리고 말했다.

"넌 정말 예뻐."(Quel beau tu es. 프랑스어 구문에 없는 문장. : 역자

주)

그것은 영어구문을 그대로 프랑스어로 옮긴 것이었다.
하지만 세상 무엇을 준다 해도 난 그것을 수정해주지 않았
을 것이다. 그때까지 나를 'beau' (beau는 남성 형용사. 여성에 대
해서는 belle을 써야 한다. : 역자 주)하다고 여긴 사람은 아무도 없
었으니까.

"일본여자들이 훨씬 예쁘잖아." 내가 말했다.

"그렇지 않아."

나는 그의 나쁜 취향이 기뻤다.

"일본여자들 얘기해 줘."

그가 어깨를 으쓱했다. 내가 졸랐다.

그가 결국 입을 열었다.

"설명하기 힘들어. 일본여자들은 짜증스러워. 그들 자신
이 아니거든."

"나 역시 나 자신이 아닐지도 몰라."

"아냐. 넌 여기 있고, 존재하고, 날 보고 있어. 그들은 다
른 사람들이 자신을 마음에 들어 하는지 늘 스스로 묻고 있
어. 그들은 그들 자신만 생각해."

"대부분의 서양여자들도 그래."

"내 친구들과 난 그 여자들에게 거울에 지나지 않는다는

느낌을 받아.”

내가 그를 거울삼아 머리를 매만지는 시늉을 했다. 그가 웃었다.

“친구들하고 여자 얘기 많이 해?”

“많이는 안 해. 거북하거든. 넌 친구들하고 남자 얘기 많이 해?”

“아니, 그건 내밀한 거니까.”

“일본여자들은 정반대야. 남자하고 있을 때는 내숭을 있는 대로 떨면서 친구들하고는 안 하는 얘기가 없어.”

“서양여자들도 마찬가지야.”

“왜 자꾸 그렇게 말해?”

“일본여자들을 옹호하려고. 일본여자가 되는 것도 아마 쉽지 않을 거야.”

“일본남자가 되는 것도 힘들어.”

“물론 그렇겠지. 얘기해봐.”

그는 입을 다물었다. 그리고 길게 한숨을 내쉬었다. 나는 그의 표정이 변하는 것을 보았다.

“다섯 살 때, 난 다른 아이들처럼 명문초등학교에 들어가기 위해 시험을 봤어. 그때 합격했다면 언젠가 명문대학에 들어갈 수도 있었을 거야. 다섯 살 때 난 이미 그걸 알고 있었어. 하지만 시험에서 낙방하고 말았지."

나는 그가 부들부들 떨고 있다는 걸 알아차렸다.

"내 부모는 아무 말도 하지 않았어. 하지만 실망한 기색이 역력했지. 아버지는 다섯 살 때 합격했거든. 난 밤이 되길 기다렸고, 밤새 울었어."

그가 울음을 터뜨렸다. 내가 고통으로 경직된 그의 몸을 부드럽게 안아주었다. 자신의 미래가 걸려 있다는 것을 인식하고 있는 아이들에게 너무나 일찍 강요되는, 일본의 끔찍한 선발시험에 대해서는 이미 들어본 적이 있었다.

"다섯 살 때 이미 난 내가 충분히 똑똑하지 못하다는 것을 알았어."

"그게 아냐. 다섯 살 때 넌 네가 선발되지 않았다는 것을 알았을 뿐이야."

"난 아버지가 이렇게 생각한다는 걸 느꼈어. '심각할 것 없어. 저 아인 내 아들이야, 저 아이가 내 뒤를 이을 거야.' 난 그때부터 부끄러움을 느끼기 시작했고, 그 부끄러움은 결코 사라지지 않았어."

나는 그를 꼭 안고 그는 충분히 똑똑하다며 위로의 말을 속삭여주었다. 그는 한참동안 눈물을 흘리다 잠이 들었다.

나는 매년 다섯 살 아이들 대부분이 자신의 삶을 망치고 말았다는 것을 알게 되는 도시의 밤을 바라보러 갔다. 문득 억눌린 눈물의 콘서트가 울려 퍼지는 걸 들은 것 같은 느낌이 들었다.

그나마 린리는 그 아버지의 아들이었기 때문에, 부끄러움으로 고통을 상쇄시킬 수 있었기 때문에 그 충격에서 헤어날 수 있었다. 하지만 시험에 실패한 다른 아이들은 그 어린 나이에 벌써 자신이 기껏해야 총알받이나 다름없는 샐러리맨이 되리란 것을 알고 있었다. 그런데도 사람들은 많은 일본 청소년들이 자살한다는 사실에 경악한다.

크리스틴은 3주 후에야 돌아올 것이다. 나는 린리에게 그녀의 아파트를 최대한 이용하자고 제안했다. 모노필리 게임은 그녀가 돌아오면 다시 시작하기로 하고. 린리는 내 제안을 크게 반겼다.

다른 모든 것과 마찬가지로 사랑에 있어서도 인프라는 매우 중요하다. 유리창을 통해 이치가야 병영을 바라보며 나는 린리에게 미시마를 좋아하느냐고 물었다.

"대단하지." 그가 말했다.

"정말? 유럽 사람들은 그가 외국인들에게 더 어필하는 작가라던데."

"일본인들은 그의 개성 자체는 그리 좋아하지 않아. 하지만 작품은 정말 훌륭하지. 네 유럽 친구들은 너에게 말도 안 되는 이야기를 한 거야. 미시마는 일본어로 읽어야 제 맛이 나거든. 그의 문장들은 마치 음악 같아. 그걸 어떻게 번역하겠어?"

린리의 반론은 내 맘에 쏙 들었다. 하루아침에 필요한 한 자를 모두 해독하는 법을 배울 수는 없을 것이기 때문에 나는 그에게 미시마의 텍스트를 큰소리로 읽어달라고 부탁했다. 그는 그 일을 우아하게 해냈고, 나는 '킨지키(禁色)'라고 말하는 그의 목소리를 들으며 전율했다. 나는 제목을 비롯해 모든 것을 이해하기에는 실력이 한참 모자랐다.

"왜 '금지된 색깔'이지?"

"일본어로는 색깔이 사랑과 같은 의미로도 쓰이거든."

일본에서는 동성애가 오랫동안 법에 의해 금지되었다. 사랑을 색깔에 비유하는 게 멋지긴 했지만, 린리가 접근한 주제는 아주 미묘한 것이었다. 나는 결코 사랑을 입에 올려본 적이 없었다. 그가 자주 그 문제를 들먹였지만, 그때마다 나는 교묘하게 대화주제를 바꾸곤 했다. 우리는 쌍안경으로 창을 통해 활짝 핀 일본 벚나무를 관찰했다.

"관습에 따르면, 난 캄캄한 밤에 꽃이 흐드러지게 핀 벚나무 아래에서 사케를 마시며 너에게 노래를 불러줘야 해."

"우리 해보자."

가장 가까운 벗나무 아래에서 린리는 날 위해 사랑 노래를 불러주었다. 내가 웃자 그가 버럭 화를 냈다.

"난 노래한 대로 생각하고 있어."

나는 어색함을 떨쳐버리기 위해서 사케를 단숨에 들이켰다. 그 젊은 청년의 감상주의를 활짝 피울 그 싹들은 위험했다.

최첨단 아파트로 돌아온 나는 그곳은 안전할 거라고 믿었다. 천만에. 나는 그 건물만큼이나 거창한 사랑의 말들을 들어야 했다. 나는 용감하게 귀를 기울였고, 그리고 입을 다물었다. 다행스럽게도 청년은 내 침묵을 받아들였다.

나는 그를 많이 좋아했다. 하지만 자신을 사랑하는 남자에게 그런 말을 할 수는 없다. 애석하지만 내 입장에서 그를 많이 좋아하는 것 자체가 이미 무리였다.

그는 나를 행복하게 해주었다.

나는 그를 만나면 늘 즐거웠다. 나는 그에게 우정과 애정을 품고 있었다. 하지만 그가 없어도 그립지는 않았다. 그에 대한 내 감정의 방정식은 그런 것이었다. 그리그 나에게는 우리의 이야기가 더없이 멋져보였다.

내가 답변 혹은 상호성을 요구할 수도 있는 사랑고백을

두려워했던 건 바로 그 때문이었다. 그 영역에서 거짓말을 하는 건 하나의 형벌이었다. 나는 곧 내 두려움에 근거가 없다는 걸 깨달았다. 린리가 나에게 기대하는 건 자기 말에 귀를 기울여주는 것뿐이었다. 그가 옳았다! 누군가의 말에 귀를 기울여주는 것, 그것만 해도 엄청난 것이다. 그래서 나는 그의 말에 열심히 귀를 기울였다.

내가 그 청년에 대해 느꼈던 것을 가리키는 말이 현대 프랑스어에는 없었다. 하지만 일본어에는 그것에 딱 어울리는 '코이(戀)'라는 용어가 있었다. '코이'는 고전적인 프랑스어로는 'goût'(우리말로는 기호, 취미, 취향, 애착 등으로 번역될 수 있다. : 역자 주)로 번역될 수 있다. 나는 그에 대해 'goût'를 가지고 있었다.(avoir du goût pour quelqu'un, 누군가를 좋아한다는 말이다. : 역자 주) 그는 나의 '코이비토(戀人)', 다시 말해 나와 '코이'를 나누는 사람이었다. 그와 함께 지내는 것이 내 취향에 맞았다.

현대 일본어로 결혼을 하지 않은 젊은 커플들은 모두 자신의 짝을 '코이비토'라고 지칭한다. 뿌리 깊은 수치심이 사랑이라는 낱말을 추방해버렸다. 정열의 광기에 빠지지 않는 한, 그들은 그 거창한 낱말을 문학, 혹은 그러한 종류의 것들에나 나오는 것으로 치부하고 함부로 사용하지 않는다. 내가 그 어휘도, 그것을 드러내는 방식도 경멸하지 않는 유일한 일본인에게 걸려들었던 것이다. 하지만 나는 언어적 이국 취미가 그 유별난 태도에 톡톡히 한몫을 했을 거라고 생각하며 나 자신을 안심시켰다.

린리가 프랑스어권 여자에게 사랑고백을 프랑스어로 했을 때와 일본어로 했을 때는 차이가 있었다. 프랑스어는 부끄러운 감정을 마음껏 털어놓을 수 있는 명망 높은 동시에 외설적인 영토를 대표했다.

사랑이 너무나 프랑스적인 충동이어서 그것을 국가적 발명품으로 여기는 사람들도 더러 있었다. 거기까지 가진 않더라도 그 언어에 사랑의 요정이 있다는 것은 나도 인정한다. 어쩌면 린리와 내가 각자 상대방 언어의 전형적인 경향에 물들었다고 볼 수도 있었다. 다시 말해, 그는 그 새로움에 취해 사랑놀이를 했고, 나는 '코이'를 실컷 즐겼다. 그것은 우리 두 사람이 상대방의 문화에 얼마나 개방적이었는지를 증명했다.

'코이'에는 단 한 가지 결점이 있었다. 나에게 늘 혐오감을 주었던 유일한 동물, 잉어와 동음이의어라는 것. 다행히도 그 우연의 일치에는 어떠한 유사성도 동반되지 않았다. 일본에서 잉어가 사내아이를 상징한다 하더라도, 내가 린리에 대해 느꼈던 감정에는 보기 흉한 입을 가진 그 야비한 물고기를 떠올리게 하는 것은 전혀 없었다. 반대로 '코이'는 그 가벼움, 유동성, 신선함, 그리고 심각함의 부재로 날 매료시켰다. '코이'는 우아하고, 유희적이고, 재미있고, 세련된 것이었다. '코이'의 매력 중 하나는 사랑을 패러디한다는 데에 있었다. 다시 말해, 그것은 고발하기 위해서가 아니라 순전히 장난으로 사랑의 몇몇 태도를 흉내냈다.

하지만 나는 린리에게 상처를 주지 않기 위해 터져 나오는 웃음을 감추려고 노력했다. 사랑에 유머가 결여되어 있다는 건 주지의 사실이다. 아무래도 난 내가 그에 대해 '아이(愛)'가 아니라―가끔은 쓸 수 없는 것이 아쉬울 만큼 아름다운 단어―'코이'를 느끼고 있다는 걸 그도 알고 있었던 게 아닌가 하는 의심이 든다. 그가 그것을 슬퍼하지 않은 것은 아마도 최초로 테이프를 자른다는 의식 때문이었을 것이다. 그는 분명 내가 그의 첫사랑인 것과 마찬가지로 그가 내 첫 '코이'라는 걸 눈치챘을 것이다. 왜냐하면 내가 이미 여러 차례 불장난에 빠진 적은 있지만, 누군가에 대해 'goût'를 느껴본 적은 아직 한 번도 없었기 때문이다.

두 단어 '코이(戀)'와 '아이(愛)' 사이에는 강도의 차이가 아니라 본질적인 양립불가능성이 있다. 과연 자신의 취향에 맞는 사람에게 반할 수 있을까? 그건 생각조차 할 수 없는 일이다. 우리는 도저히 견뎌낼 수 없는 사람, 감당할 수 없는 위험을 나타내는 사람을 사랑하게 된다. 쇼펜하우어는 사랑에서 생식본능의 교활한 술수를 본다. 그 이론이 나에게 불어넣는 끔찍함은 이루 말할 수 없을 정도다. 나는 사랑에서 타인을 살해하지 않기 위한 내 본능의 술수를 본다. 내가 특정 개인을 죽이고 싶은 욕구를 느낄 때, 신비스러운 메커니즘이—면역체계의 반사적 반응? 결백에 대한 환상? 감옥에 가게 되면 어떡하나 하는 두려움? —나로 하여금 그 개인을 사랑으로 감싸게 만든다. 이렇게 해서 내가 알기로 아직 나에겐 살인을 저지른 경력이 없다.

린리를 죽인다고? 얼마나 끔찍한, 특히 얼마나 부조리한 생각인가! 그토록 착한, 그리고 내가 가진 최고의 것만 일깨워주는 존재를 죽인다고? 어쨌거나 난 그를 죽이지 않았다. 그것이 그럴 필요가 없었다는 것을 충분히 증명해준다.

내가 누군가를 죽이고자 하는 욕구를 가진 이가 없는 이야기를 쓰는 경우는 흔치 않다. 그런데 이 소설의 경우가 그렇다. '코이' 이야기니까.

매번 식사를 준비한 건 린리였다. 그는 요리를 잘 못했다. 하지만 세상 모든 사람이 그렇듯 적어도 나보다는 나았다. 애석하게도 크리스틴의 호화로운 주방도구들은 아무 쓸모가 없었다. 아니, 그것들은 그가 '카르보나라'라고 부른 의심스러운 스파게티 요리를 만드는 데 사용되었다. 그 클래식한 요리에 대한 그의 해석은 1989년의 지구상에 있는 모든 기름진 음식재료들을 한데, 그것도 듬뿍 섞어놓는 데 있었다. 일본인들은 가볍게 요리를 한다. 그것은 잘 알려진 사실이다. 나는 그것 역시 문화적 억압의 구실이었다는 가설을 배제하지 않는다.

난 도저히 못 먹겠다며 젓가락을 놓는 대신, 사시미와 스시에 대한 내 열정을 말했다. 그가 인상을 찌푸렸다.

“왜, 넌 안 좋아해?” 내가 물었다.

“아냐, 나도 좋아해.” 그가 예의상 대답했다.

“그것들은 만들기 어려울 거야.”

“그래.”

“요리 집에 가서 사올 수도 있잖아.”

“정말 먹고 싶어?”

“안 좋아하는구나. 그럼 왜 좋아한다고 말했어?”

“좋아해. 하지만 그걸 먹으면 가족과 함께 저녁식사 하는 느낌이 들어. 할아버지, 할머니도 같이 있는 것 같고.”

설득력 있는 논거였다.

“게다가 함께 모여 그걸 먹을 때면 그들은 끊임없이 그게 건강에 좋다고 말해. 그래서 지겨워.” 그가 덧붙였다.

“무슨 말인지 알겠어. 그래서 카르보나라 스파게티처럼 건강에 안 좋은 음식을 먹고 싶어 하는구나.”

“이게 건강에 안 좋아?”

“네가 만든 버전은 틀림없이 그럴 거야.”

“그래서 그렇게 맛있구나.”

그에게 다른 것을 요리해달라고 부탁하기가 앞으로 점점 더 힘들어질 것 같았다.

“그럼 또 퐁뒤 만들어 먹을까?” 그가 제안했다.

“아니.”

“안 좋았어?”

“좋았어. 하지만 그건 특별한 추억이잖아. 다시 하면 실망만 하게 될 거야.”

휴우. 내가 그럴 듯한 핑계를 찾아냈던 것이다.

“네 친구 집에서 먹었던 오코노미야키는 어때?”

“그래, 그건 쉬워.”

구사일생. 그것은 우리의 마스코트 요리가 되었다. 냉장고는 늘 새우, 계란, 배추, 생강으로 가득 채워져 있었다. 자두 소스 테트라팩은 늘 식탁 위에 군림하고 있었고.

“이 맛있는 소스는 어디서 사?” 내가 물었다.

“집에 잔뜩 쌓여 있어. 부모님이 히로시마에서 한꺼번에 사다 놓거든.”

“다 떨어지면 다시 사러 가야겠네?”

“난 한 번도 안 가봤어.”

“잘 됐네. 넌 히로시마에서 아무것도 못 봤어, 아무것도.”

“왜 그런 말을 해?”

나는 그에게 문학적인 프랑스 영화 고전 한 편을 패러디해봤다고 설명했다.

“난 그 영화 못 봤어.” 그가 발끈했다.

“책으로 읽을 수 있어.”
“어떤 이야긴데?”
“얘기 안 해 줄래, 네가 직접 찾아서 읽게.”

함께 시간을 보낼 때 우린 일체 바깥출입을 하지 않았다. 크리스틴이 돌아오기로 한 날이 성큼성큼 다가오고 있었기 때문에 우리는 겁에 질린 채 우리 관계에 너무나 큰 역할을 했던 그 아파트를 떠나지 않아도 되는 묘수를 찾고 있었다.

"아예 문에 바리케이드를 칠 수도 있지 않을까?" 내가 제안했다.

"정말 그럴 거야?" 공포와 찬탄이 가득 담긴 눈길로 그가 말했다.

나는 그가 날 그런 악행을 능히 저지를 수 있는 여자로 믿어줘서 좋았다.

우리는 욕실에서 미친 듯이 즐거운 시간을 보냈다. 욕조는 비공(鼻孔)이 내부를 향해 뚫려 있는, 속을 비워낸 고래만큼 컸다.

전통을 존중하는 린리는 목욕을 하기 전에 세면대에 물을 받아 온몸을 깨끗하게 문질러 닦았다. 그는 욕조의 물을 더럽히는 걸 불경스런 일로 여겼다. 나는 너무나 부조리해 보이는 관습을 무작정 따를 수 없었다. 그건 깨끗한 접시를 식기세척기에 넣는 거나 다름없었다.

내가 그에게 내 관점을 설명했다.

"네 말이 맞을지도 몰라." 그가 말했다. "하지만 나는 달리 행동할 수가 없어. 목욕물을 더럽히는 짓은 도저히 못 하겠어."

"일본음식에 대해 모독적인 말을 하는 건 전혀 개의치 않잖아."

"어쩔 수 없어."

그가 옳았다. 누구에게나 반동의 보루들이 있는 법이다. 그건 설명되지 않는다.

고래 욕조는 가끔 움직이는 듯한, 그래서 우리를 바다 깊은 곳으로 실어가는 듯한 묘한 인상을 주었다.

"요나 이야기 알아?" 내가 물었다.

"고래 얘긴 하지 마. 다툴 게 뻔하니까."

“설마 고래 고기를 먹는다는 뜻은 아니겠지?”

“그게 나쁘다는 건 나도 알아. 하지만 그게 그토록 맛있는 건 내 잘못이 아냐.”

“나도 살짝 맛본 적이 있는데, 악취가 났어!”

“이거 알아? 그게 네 입맛에 맞았다면, 넌 우리 관습을 충격적이라고 생각하지 않았을 거야.”

“하지만 고래는 멸종되어가고 있어!”

“나도 알아. 우리가 잘못하고 있어. 그래서 어쩌라고? 그 고기 맛을 떠올리면 저절로 군침이 도는 걸. 그건 나도 어쩔 수가 없어.”、

그는 전형적인 일본남자는 아니었다. 말하자면 그는 엄청나게 많은 곳을 여행했지만, 혼자 그리고 사진기 없이 했다.

“다른 사람들한테는 얘기 안 해. 내가 혼자 여행하는 걸 내 부모가 알았다면 걱정을 많이 했을 거야.”

“네가 위험하다고 생각했을까?”

“아니. 그들은 내 정신적 건강 때문에 걱정했을 거야. 여기서는 동행 없이 여행하길 좋아하면 살짝 맛이 간 사람으로 여기거든. 우리 언어에서 ‘혼자’라는 말은 절망의 의미를 담고 있어."

"하지만 네 나라에는 유명한 은둔자들도 많잖아."

"바로 그거야. 사람들은 고독을 즐기려면 승려가 되어야 한다고 여겨."

"일본인들은 외국에서는 잘도 모여 다니던데 왜 여기선 그러지 않아?"

"일본인들은 한편으론 자신과 다른 사람들을 만나고 싶어 하면서도, 다른 한편으론 자신을 닮은 사람들과 지냄으로써 스스로를 안심시키길 원하지."

"그럼 사진을 남기고자 하는 그 못 말리는 욕구는?"

"나도 모르겠어. 짜증나, 다들 똑같은 사진기를 들고 다니거든. 아마 꿈을 꾸지 않았다는 걸 스스로에게 증명하려고 그러는 게 아닌가 싶어."

"네가 사진기 들고 있는 걸 한 번도 못 봤어."

"사진기가 없으니까."

"우주선에서 스위스 퐁뒤를 데우는 데 쓰는 버너를 포함해 존재하는 모든 전자기기를 갖고 있는 너한테 사진기가 없다고?"

"없어. 관심이 없으니까."

"못 말리는 린리."

그가 그 표현의 의미를 궁금해 해서 자세히 설명해주었다. 그 표현이 너무나 이상하다고 여겨졌는지 그는 하루에도 스무 번씩 '못 말리는 아멜리'라고 말하기 시작했다.

어느 날 오후, 소나기가 내리는가 싶더니 갑자기 우박이 쏟아지기 시작했다. 나는 아파트 창을 통해 그 광경을 바라보며 이렇게 중얼거렸다.

"이런, 일본에도 지불레(우박, 눈을 동반한 소나기 :역자 주)가 내리네."

나는 뒤쪽에서 린리의 목소리가 이렇게 반복하는 것을 들었다.

"지-불-레."

나는 그가 그 낱말을 처음 들었다는 것을, 문맥이 그에게 그 의미를 정확하게 가르쳐주었고, 그가 그것을 머리에 새기기 위해 발음해보고 있다는 것을 깨달았다. 내가 웃었다. 내가 웃는 이유를 알아차렸는지 그가 말했다.

"못 말리는 나."

4월 초, 크리스틴이 벨기에에서 돌아왔다. 나는 선의를 발휘해 그녀에게 아파트를 돌려주었다. 린리가 나보다 상심이 더 큰 것 같았다. 우리 관계는 좀더 불안정한 흐름으로 접어들어야만 했다. 난 그게 싫지만은 않았다. 모노필리가 약간은 그리웠으니까.

나는 콘크리트 성을 다시 드나들기 시작했다. 린리의 부모도 더는 날 센세라고 부르지 않았다. 그것이 그들의 통찰력을 증명했다. 그의 조부모는 더 열심히 날 센세라고 불렀다. 그것이 그들의 사악함을 확인시켜주었다.

그들 가족과 함께 차를 마시고 있는데, 린리의 아버지가 나에게 막 완성한 보석을 보여주었다. 칼더(Alexander Stirling Caler(1898-1976) 미국 조각가. 움직이는 조각 '모빌'의 창시자. : 역자 주)

의 모빌 같기도 하고 오닉스 목걸이 같기도 한 이상한 작품
이었다.

"맘에 들어요?" 그가 물었다.

"검은색과 은색의 결합이 보기 좋네요. 아주 우아해요."

"당신 거예요."

린리가 그걸 내 목에 걸어주었다. 나는 몹시 당황스러웠
다. 그와 단둘이 남게 되었을 때 내가 물었다.

"네 아버지한테서 엄청난 선물을 받았어. 어떻게 보답하
지?"

"네가 뭔가를 보답한다면, 아버지는 더 엄청난 걸 선물할
거야."

"그럼 어떡하지?"

"아무것도 하지 마."

그가 옳았다. 점점 더 큰 부담을 떠안게 되는 악순환을 피
하기 위해서는 그 분에 넘치는 선물을 과감하게 받아들이는
것 외에는 해결책이 없었다.

그 사이, 나는 전에 살던 집으로 되돌아갔다. 린리는 너무
나 세심해 감히 자신을 그곳에 데려가 달라고 요구하진 못
했다. 에둘러 제안을 하기는 했지만 난 그때마다 일부러 딴
청을 피웠다.

그는 나에게 자주 전화를 걸었다. 그의 표현은 의도치 않게 웃겼다. 그가 진지했던 만큼 그것은 나를 더욱 매료시켰다.

"안녕, 아멜리. 네 건강상태가 어떤지 알고 싶어서 전화했어."

"아주 좋아."

"그런 상태라면 날 만나길 소망해?"

나는 웃음을 터뜨렸다. 그는 내가 왜 웃는지 기해하지 못했다.

린리에게는 로스앤젤레스에서 공부를 하는 열여덟 살 된 누이동생이 있었다. 하루는 그가 전화로 여동생이 짧은 바캉스를 보내러 도쿄에 왔다고 말했다.

"오늘 저녁에 데리러 갈게. 너한테 그 아일 소개해주고 싶어."

떨리는 그의 목소리에는 감동어린 엄숙함이 배어 있었다. 나는 뭔가 중요한 것을 경험할 마음의 준비를 했다.

나는 벤츠를 타자마자 뒷좌석에 앉아 있는 젊은 아가씨에게 인사를 하기 위해 돌아보았다. 그녀의 아름다움이 날 아연실색케 했다.

"아멜리, 여긴 리카. 리카, 여긴 아멜리."

그녀가 그윽한 미소를 지으며 인사를 했다. 그녀의 이름은 날 실망시켰지만 나머지는 전혀 그렇지가 않았다. 그녀는 천사였다.

"린리오빠한테 얘기 많이 들었어요." 그녀가 말했다.

"나도 네 얘기 많이 들었어." 내가 지어냈다.

"둘 다 거짓말 좀 그만해. 난 결코 말이 많지 않아."

"맞아요, 오빠는 아무 얘기도 안 해요." 리카가 정정했다. "오빠는 언니에 대해 일언반구도 하지 않았어요. 그래서 난 오빠가 언니를 사랑한다고 확신해요."

"그렇다면 그는 너도 사랑해."

"영어로 말해도 괜찮겠어요? 일본어로 하면 문법적인 실수를 너무 많이 하거든요."

"나야 뭐가 실수인지 알지도 못할 텐데 뭘."

"린리는 끊임없이 꼬투리를 잡아서 고쳐줘요. 그는 내가 완벽하길 원해요."

그녀는 완벽 그 이상이었다. 린리는 우릴 시로가네 공원으로 데려갔다. 해가 떨어지자 인적이 드물어서 마치 도쿄에서 까마득히 떨어진 어떤 신화적인 숲에 온 것만 같았다.

리카가 가방을 들고 차에서 내려 그것을 열었다. 비단보를 꺼내 바닥에 펼치고 그 위에 사케, 잔, 그리고 과자를 올려놓았다. 그리고 천 위에 앉더니 우리한테도 앉으라고 권했다. 그녀의 우아함은 눈부셨다.

만남을 축하하며 사케를 마시는 동안, 나는 그녀의 이름을 한자로 어떻게 쓰는지 물어보았다. 그녀가 나에게 보여주었다.

"향기의 나라!" 내가 외쳤다. "정말 멋지네. 너랑 너무 잘 어울려."

담긴 뜻을 알고 나자 그녀의 이름이 더는 상스럽게 느껴지지 않았다.

캘리포니아 생활이 그녀를 오빠보다는 훨씬 덜 폐쇄적으로 만들어놓았다. 그녀는 수다도 예쁘게 떨었다. 나는 그녀의 말을 마셨다. 린리도 나만큼이나 홀린 것처럼 보였다. 우리는 그녀가 황홀한 자연현상이라도 되는 것처럼 넋을 잃고 바라보았다.

"그건 그렇고, 불꽃놀이 하자며?"

별안간 그녀가 말했다.

"가져올게." 그가 대답했다.

난 어리둥절했다. 린리가 자동차 트렁크에서 가방 하나를 꺼내왔다. 스위스 퐁뒤 가방이 있었듯, 불꽃놀이 가방도 있었던 것이다. 그는 바닥에 불꽃놀이 장비를 설치해놓고 이제 곧 시작될 거라고 우리에게 말했다. 머지않아 하늘에서 색깔과 별들이 폭발했고, 리카의 환희에 찬 외침이 울려퍼졌다.

내가 부신 눈으로 지켜보는 가운데, 오빠는 누이에게 사랑의 증거가 아니라 그 표시를 보여주고 있었다. 나에겐 그가 그 어느 때보다 가깝게 느껴졌다.

북극광들이 우리 머리 위에서 따닥따닥 소리를 내길 멈추자, 리카가 실망한 표정으로 외쳤다.

"에게, 벌써 끝이야?"

"막대들이 아직 남아 있어." 청년이 말했다.

그가 가방에서 가는 막대 묶음들을 꺼내 우리에게 한 움큼씩 나눠주었다. 막대 하나에 불을 붙이자마자 모든 막대 끝으로 번졌고, 각 막대는 빙글빙글 돌아가는 섬광의 다발을 뿜어냈다.

밤이 시로가네 공원의 대나무 숲을 은빛으로 물들이고 있었다. 우리의 손에서 시작된 개똥벌레들의 묵시록이 그 하얀 무광택 위에 금빛을 뿌렸다. 오빠와 누이는 별을 꿰어 만든 꼬치를 신나게 흔들어댔다. 나는 서로 반한 두 아이와 함께 있다는 것을 깨달았다. 그 광경이 내 마음을 뒤흔들어놓

있다.

그들 사이에 날 끼워주다니, 얼마나 고마운지! 사랑의 표시보다 더 감동적인 건 신뢰의 표시였다.

빛의 솜사탕들이 마침내 꺼졌지만 마법은 아직 깨지지 않았다. 리카가 기쁨의 한숨을 내쉬었다.

"정말 좋았어!"

나는 행복에 젖은 계집아이에 대한 린리의 사랑에 공감했다. 전설적인 아름다움을 지닌 소녀, 끝나가는 축제 분위기, 그 안에는 네르발적인 뭔가가 있었다. 일본의 네르발, 누가 그런 걸 믿었겠는가?

이튿날 저녁, 린리는 한 싸구려 식당으로 데려가 중국 면을 사주었다.

"난 리카가 좋아." 내가 그에게 말했다.

"나도." 흐뭇한 미소를 지으며 그가 대답했다.

"이거 알아? 우리에겐 묘한 공통점이 하나 있어. 나 역시 먼 곳에 살고 있는 언니를 사랑해. 언니 이름은 쥘리에트야. 그녀 곁을 떠나기 위해서는 초인적인 노력이 필요했지."

나는 그에게 성스러운 내 언니의 사진을 보여주었다.

"예쁘네." 그가 사진을 자세히 들여다보며 평했다.

“그래. 하지만 예쁘기만 한 건 아냐. 그 이상이지. 언니가 보고 싶어.”

“이해해. 리카가 캘리포니아에 있을 때 나도 엄청 보고 싶으니까.”

면 사발을 앞에 두고 나는 애가(哀歌) 시인으로 변했다. 나는 오로지 그만이 쥘리에트의 부재를 내가 얼마나 힘들어하는지 이해할 수 있다고 말했다. 언제나 날 그녀와 이어주었던 끈의 힘을, 내가 얼마나 그녀를 사랑하는지를, 내가 그녀와 헤어지면서 나 자신에게 강요했던 부조리한 고통을 이야기했다.

“난 일본으로 돌아와야만 했어. 하지만 그렇다고 그 끔찍한 이별을 감내해야만 했을까?”

“그녀는 왜 같이 안 왔어?”

“그녀는 직장이 있는 벨기에에서 살고 싶어 해. 그리고 나와는 달리 그녀에겐 네 나라에 대한 열정이 없어.”

“리카하고 비슷하군. 일본은 그 아이에게 꿈을 심어주지 못하거든.”

우리 누이들처럼 사랑스러운 존재들이 이 나라에 매료되지 않는 것이 어떻게 가능할까? 나는 린리에게 리카가 캘리포니아에서 무엇을 공부하는지 물어봤다. 그는 그녀가 뚜

렷하게 뭘 공부하는지 모르겠다고, 사실 그녀는 로스앤젤레스의 폭력조직을 지배하는 창이라는 중국인의 정부라고 대답했다.

"그가 얼마나 돈이 많은지 넌 상상조차 할 수 없을 거야." 그가 절망과 조소가 배어나는 어조로 말했다.

깜짝 놀란 나는 하늘에서 떨어진 천사가 깡패 두목과 살기로 마음먹는 것이 어떻게 가능한지 자문해보았다. '어리석게 굴지 마, 세상은 태고적부터 늘 그래왔어.' 나는 문득 목에 깃털 목도리를 두르고 하이힐을 신은 채 하얀 정장 차림의 중국인과 팔짱을 끼고 걸어가는 리카를 떠올리고는 웃음을 터뜨렸다.

린리는 날 위해 공모의 미소를 지어보였다. 우리는 각자 면 국물에 비치는 누이의 모습을 봤다. 우리의 관계에는 의미가 있었다.

내 일본어 실력 향상도 놀라울 정도였지만, 린리의 프
랑스어 실력 향상은 그야말로 눈부실 정도였다.

우리는 그 분야에서 서로에게 강한 인상을 주려고 경쟁하
며 놀았다. 소나기가 내리면 린리는 이렇게 말했다.

"암소 오줌 누듯 쏟아지네."

그가 점잖은 목소리로 이렇게 말하면 나는 터져 나오는
웃음을 참을 수가 없었다.

그가 터무니없는 말을 하면 나는 습관적으로 큰소리로 이
렇게 쏘아붙였다.

"나니 옷샤이마스까?"

이 말은 '그렇게 점잖게 감히 무슨 말씀을 하시는지요?'
로 번역된다. 아니, 그렇게 번역되지 않는다. 왜냐하면 너무

나 귀족적이어서 일본인들조차 더는 사용하지 않는 투이기 때문이다.

그는 배꼽을 잡고 웃었다. 그의 부모가 저녁식사나 같이 하자며 날 콘크리트 성으로 초대했던 어느 날 저녁, 나는 그들에게 깊은 인상을 심어주고 싶었다. 린리가 뭔가 놀라운 것을 말하자마자 내가 모두에게 들리도록 외쳤다.

"나니 옷샤이마스까?"

경악의 순간이 지나가자, 그의 아버지가 미친 듯이 웃어댔다. 발끈한 그의 조부모는 나에겐 그런 식으로 말할 권리가 없다고 주장하며 질책했다. 그의 어머니는 소란이 잦아들 때까지 기다렸다가 입가에 묘한 미소를 띤 채 나에게 이렇게 말했다.

"표현이 풍부한 그 얼굴로는 결코 귀부인이 되지 못할 텐데 왜 그렇게 품위 있게 보이려고 애쓰죠?"

나는 그녀의 예의바르고 쌀쌀맞은 태도를 통해 이미 짐작하고 있었던 것을 다시 한 번 확인할 수 있었다. 그 여자는 날 증오하고 있었다. 낯선 외국여자일 뿐만 아니라 아들을 훔쳐가기까지 했으니까. 그 두 범죄 외에 그녀는 나에게서 그녀를 더 질색하게 만드는 다른 뭔가의 냄새를 맡은 듯 보였다.

"리카가 있었다면 눈물이 날 정도로 웃었을 거예요."

엄마의 지적에 돋쳐 있는 가시를 알아차리지 못한 린리가
말했다.

나는 과거에 영어, 네덜란드어, 독일어, 그리고 이탈리아
어를 배웠다. 살아 있는 그 언어들을 배우는 데 있어서 한
가지 변치 않는 것이 있었다. 나는 말은 서툴러도 그 언어들
을 잘 이해했다. 논리적으로 당연한 일이었다. 우리는 어떤
행동을 따라하기 전에 그것을 관찰한다. 언어구사능력을
획득하지 못한 상태에서도 언어적 직감은 작동한다.

그런데 일본어의 경우는 정반대였다. 능동적인 앎이 수
동적인 앎을 훨씬 능가했다. 설명할 길이 없는 그 현상은 결
코 사라지지 않았다. 내가 그 언어로 너무나 복잡한 생각들
을 표현해내는 바람에 일본학 전문가를 만났다고 생각한 상
대방이 그에 버금가는 수준의 대답을 하는 경우가 부지기수
였다. 그 경우에는 내가 한 마디도 알아듣지 못했다는 것을
숨기기 위해 슬그머니 도망을 치는 것 외에 달리 해결책이
없었다. 그것마저 여의치 않을 경우에는 상대방의 답변을
혼자 상상해서 대화로 가장된 독백을 계속 이어가는 수밖에
없었다.

내가 그 현상을 언어학자들에게 털어놓자, 그들은 지극히 정상이라며 날 안심시켰다. ‘당신 언어와 그토록 상이한 언어에 대해 언어적 직감을 가지는 것은 불가능합니다.’ 그것은 내가 다섯 살 때까지 일본말을 했다는 걸 모르고 하는 얘기다. 게다가 나는 중국, 방글라데시 등등에서도 산 적이 있다. 세상 어디서나 해당 언어에 대한 수동적 앎이 능동적 앎을 능가했다. 따라서 내 경우 일본어는 그야말로 예외라고 할 수 있다. 난 그것을 운명으로 설명하고 싶다. 나에게 일본은 수동성은 생각조차 할 수 없는 그런 나라였다.

닥치게 되어 있는 일이 닥쳤다. 6월의 어느 날, 린리가 장례식에 온 표정으로 쓴 자두 소스가 다 떨어졌다고 말했다.
“그렇게 먹어댔으니 남아날 리가 없지.”
나는 하루가 다르게 늘어가는 그의 프랑스어 실력에 감탄을 금할 수 없었다. 내가 대답했다.
“잘 됐네! 언젠가 너와 함께 히로시마에 꼭 가보고 싶었거든.”
심각했던 그의 표정이 끔찍하게 변해갔다. 역사에서 그 이유를 찾은 나는 이렇게 말했다.
“전세계가 히로시마와 나가사키가 전쟁의 상처를 견뎌내

며 보인 용기에 찬사를 보냈어. 게다가……."

"그게 아냐." 그가 내 말을 끊으며 말했다. "프랑스 여자가 쓴 그 작은 책 읽어봤어. 언젠가 네가 말했던……."

"『내 사랑 히로시마』."

"그래. 근데 난 무슨 소린지 통 이해할 수가 없었어."

내가 웃음을 터뜨렸다.

"걱정 마. 많은 프랑스 언어권 독자들도 똑같은 경험을 했으니까. 그러니까 더더욱 히로시마에 가봐야지." 내가 지어냈다.

"히로시마에 가서 읽으면 이해가 될 거라는 얘기야?"

"물론이지." 내가 자신 있게 말했다.

"말도 안 돼. 난 『베니스에서의 죽음』을 이해하기 위해 베니스에 갈 필요도, 『파르마의 수도원』을 읽기 위해 파르마에 갈 필요도 없어."

"마르게리트 뒤라스는 아주 특별한 작가거든." 내 말이 맞을 거라고 확신하며 내가 말했다.

그 주 토요일 아침 일곱 시에 하네다 공항에서 만나기로 약속을 정했다. 나는 기차 편으로 가고 싶었지만, 일본인들에게는 기차가 워낙 일상적인 경험이라 린리에게는 변화가 필요했다.

"게다가 히로시마 상공을 비행하면 '에놀라 게이'(히로시마에 원자폭탄을 투하했던 B29 기종 : 역자 주)를 탄 듯한 느낌이 들 거야." 그가 말했다.

시절은 바야흐로 유월 초순이었다. 도쿄 날씨는 25도로 아주 화창했다. 히로시마 기온은 5도가 더 높았고, 장마철의 습기가 이미 대기를 축축하게 적시고 있었다. 하지만 해가 아직 구름 사이로 얼굴을 내밀고 있긴 했다.

히로시마 공항에서부터 나는 마치 과거로 되돌아간 듯한 묘한 인상을 받았다. 나는 더 이상 우리가 몇 년도에 위치해 있는지 알 수가 없었다. 물론 1945년은 아니었지만 그곳 분위기는 5, 60년대와 흡사했다. 핵폭탄의 충격이 시간의 흐름을 늦춘 것일까? 현대적 건축물도 즐비했고, 사람들 옷차림도 정상적이었으며, 자동차들도 도쿄에서 봤던 것과 다르지 않았다. 그런데 마치 거기서는 사람들이 다른 곳보다 더 열심히 사는 것 같았다. 전 지구촌이 이름만 들어도 죽음을 떠올리는 도시에 거주하는 것이 그들 내부에 있는 삶의 욕구에 불을 지펴놓은 것 같았다. 따라서 그곳에서는 인류가 아직 미래를 믿었던 시절의 분위기를 떠올리게 하는 낙관적인 인상이 물씬 풍겼다.

그 인상이 내 가슴을 관통했다. 그 도시에 발을 디디자마자 용기에 넘치는 행복의 사무친 분위기에 깊은 감명을 받았던 것이다.

원폭박물관은 날 아연실색케 했다. 흔히들 잘 알고 있다고 생각하지만 원폭 피해는 상상을 초월한다. 그곳에는 처참했던 당시 상황이 시(詩)만큼이나 효율적인 방식으로 소개되어 있다. 1945년 8월 6일, 일터로 출근하는 사람들을 싣고 해안을 따라 히로시마를 향해 달리던 기차가 있었다. 승객들은 멍하니 창을 통해 도시를 바라보고 있었다. 얼마 안 가 기차가 터널로 진입했다. 기차가 터널에서 나왔을 때 도시는 사라지고 없었다.

그 지방도시의 거리들을 산책하며 나는 일본의 긍지를 가장 잘 보여주는 곳이 거기라고 생각했다. 역사에 희생된 도시라는 걸 암시하는 건 아무것도, 정말 아무것도 없었다. 다른 어떤 나라에서든 그처럼 엄청난 규모의 피해를 당했다면 그것을 마르고 닳도록 활용했을 것이다. 희생자의 자본, 수많은 민족들의 국보가 히로시마에는 존재하지 않았다.

평화공원에서 연인들이 벤치에 앉아 가볍게 입을 맞추고 있었다. 나는 문득 내가 혼자 여행하는 게 아니라는 사실을 떠올렸고, 서둘러 그곳의 관례에 따랐다. 그러자 린리가 주머니에서 뒤라스의 책을 꺼냈다. 내가 까맣게 잊고 있는 동안, 그는 오로지 그것만 생각하고 있었다. 그가 『내 사랑 히로시마』를 처음부터 끝까지 큰소리로 읽어주었다.

나는 그가 내 기소장을 읽고 있는 듯한, 내가 구엇을 잘못했는지 깨달아야 될 듯한 느낌이 들었다. 텍스트가 길고 일본어 억양에 낭독을 지체시키는 효과가 있었기 대문에 변론을 준비할 시간은 충분했다. 가장 힘든 것은 이하가 되지 않아 짜증이 난 그가 '날 죽여줘, 차라리 그래주면 좋겠어' 라고 읽었을 때 터져 나오는 웃음을 참는 것이었다. 그는 그것을 엠마뉘엘 리바(영화 〈내 사랑 히로시마〉에서 여주인공 역을 한 배우 : 역자 주)처럼 말하지 않았다.

두 시간 후, 낭독을 마친 린리가 책을 덮고 나를 바라보았다.

"정말 아름답지, 안 그래?" 내가 감히 속삭였다.

"난 모르겠어." 그가 대답했다, 물러서지 않을 표정을 지으며.

그렇게 쉽게 사태를 무마할 수는 없을 것 같았다.

"해방 때 삭발당한 프랑스 아가씨(『내 사랑 히로시마』의 여주인공은 독일군을 사랑했다가 프랑스가 해방되자 삭발을 당한 아픔을 가지고 있다. : 역자 주)와 히로시마 주민을 동등하게 놓는 것, 뒤라스처럼 배짱 좋은 작가가 아니면 아무나 할 수 없는 일이지.”

“그래? 그게 이 책이 의미하는 거야?” 린리가 물었다.

“그래. 그건 야만에 희생된 사랑을 찬미하는 책이야.”

“그런데 작가는 그걸 왜 그렇게 이상한 방식으로 말하는 거야?”

“뒤라스니까. 그녀 작품의 매력은 명확히 이해하진 못해도 느낄 수 있다는 거야.”

“난 아무것도 못 느꼈어.”

“아니, 넌 화를 냈어.”

“그게 작가가 노린 반응이란 얘기야?”

“뒤라스는 그것도 좋아해. 그건 좋은 태도야. 뒤라스의 책은 다 읽고 나도 개운하질 않아. 기껏 앙케트를 마쳤는데 아무것도 이해할 수 없을 때처럼. 지저분한 유리창을 통해 세상을 얼핏 엿볼 때처럼. 배고픈 채로 식탁에서 일어날 때처럼.”

“나, 배고파.”

“나도.”

오코노미야키는 히로시마의 토속음식이다. 야외에 줄줄이 늘어선 포장마차마다 밤하늘을 향해 연기를 뿜어내는 거대한 철판을 놓고 그것을 굽는다. 저녁 공기가 비교적 서늘

한데도 주문받은 것을 즉석에서 굽는 요리사는 뚝뚝 흐르는 땀을 주체하지 못했다. 땀방울도 그 걸작을 만드는 데 한몫을 하는 듯했다. 우리는 그렇게 맛있는 오코노미야키를 먹어본 적이 없었다. 린리가 그 기회를 이용해 요리사에게 엄청난 양의 쓴 자두 소스 곽을 샀다.

호텔 투숙은 나에겐 뒤라스의 소설에서 발췌한 많은 문장을 린리에게 들려주기 위한 핑계였다. 린리도 이젠 그것들을 더 높이 평가하는 것처럼 보였다. 그날 나는 밤이 새도록 프랑스 문학에 헌신했다.

7월 초, 언니가 한 달간 휴가를 얻어 날 만나러 왔다. 그녀와 재회한 나는 기뻐서 죽는 줄 알았다. 우리는 짐승 같은 소리를 내며 무려 한 시간 동안 포옹을 풀지 못했다.

저녁 때 린리가 흰 벤츠를 타고 내 집 앞에서 기다리고 있었다. 나는 그에게 내가 세상에서 가장 소중하게 여기는 사람을 소개했다. 그들은 둘 다 답답할 정도로 주눅 든 모습을 보였다. 주로 내가 나서서 대화를 이끌어야만 했다.

쥘리에트와 둘만 남았을 때 린리에 대해 어떻게 생각하는지 물어보았다.

"많이 말랐더구나." 그녀가 말했다.

"그것 말고는?"

나는 별 말을 들을 수 없었다. 린리에게도 전화를 걸어 물어보았다.

"우리 언니 인상이 어때?"

"말랐던데." 그가 말했다.

나는 그에게서도 별 말을 들을 수 없었다. 둘이 짜고 하는 짓은 아닐 거라고 생각하니 내심 화가 많이 났다. 무슨 판단이 그렇게 빈약하담! 물론 그랬다, 그들은 둘 다 야윈 편이었다. 그런데 그것 말고는? 서로에 대해 보다 흥미로운 걸 전혀 못 느꼈단 말인가? 나에게 가장 깊은 인상을 남긴 건 그들의 야윈 체구가 아니었다. 그것은 내 언니의 아름다움과 매력, 린리의 섬세함과 엉뚱함이었다.

하지만 그들 서로에 대한 관찰에는 적의가 전혀 없었다. 그들은 대번에 서로를 마음에 들어 했다. 나중에야 그들이 옳다는 생각이 들었다. 내 과거를 돌이켜보면, 내 삶에서 중요한 역할을 했던 사람들은 백 프로 야윈 사람들이었다. 물론 그것이 그들의 주된 특징은 아니었지만, 그들을 하나로 묶어주는 유일한 공통점이기는 했다. 거기에는 뭔가가 있는 게 분명하다.

물론 나는 살아오면서 내 운명의 흐름을 바꿔놓지 않은 많은 야윈 사람들과 마주쳤다. 국민 대다수가 뼈만 앙상한 방글라데시에서 생활한 적도 있었다. 하나의 삶에 그 많은 사람들이 다 들어갈 수 없다. 비쩍 말랐다 할지라도. 하지만 침대에 누워 임종을 맞을 때 내 기억을 스쳐지나갈 실루엣들은 하나같이 깡말라 있을 것이다.

그것에 어떤 의미가 있을 수 있는지는 몰라도, 나는 내가 의식적이든 아니든 선택을 한 게 아닐까 하고 의심한다. 내 소설에서 사랑받는 사람들은 한결같이 극도로 말랐다. 그렇다고 마른 것으로 충분하다고 결론짓지는 말아야 할 것이다. 2년 전에 여기서 이름을 밝히고 싶지 않은 골빈 여자 하나가 떠올리고 싶지 않은 원고를 들고 날 찾아왔다. 경악하는 내 모습을 본 그녀가 자신의 날씬함을 과시하기 위해 내 앞에 빙그르르 돌며 말했다.

"제가 당신의 여주인공 중 하나와 닮았다고 생각하지 않으세요?"

1989년 여름으로 돌아가자. 그러니까 나는 한 달간 비쩍 마른 내 연인과 떨어져 지냈다. 쥘리에트와 내가 고향 순례를 떠났던 것이다.

우리를 태운 기차가 간사이를 향해 달려갔다. 그 지방은 여전히 아름다웠다. 그럼에도 난 어느 누구에게도 그런 여행을 권하진 않는다. 내가 그 단장의 아픔을 견디고 살아남은 건 기적이었다. 언니가 동행하지 않았다면 난 결코 어린 시절을 보낸 그곳으로 돌아갈 용기를 내지 못했을 것이다. 언니가 없었다면 나는 슈쿠가와 마을에서 슬픔에 겨워 죽었을 것이다.

8월 5일, 쥘리에트는 벨기에로 돌아갔다. 난 몇 시간 동안 방에 처박혀 짐승처럼 울부짖었다. 비로소 속이 후련해졌을 때 린리에게 전화를 걸었다. 그는 자신의 기쁨을 숨기는 선의를 발휘했다. 왜냐하면 그도 내 슬픔을 잘 알고 있었으니까. 하얀 벤츠가 날 데리러 왔다.

그는 날 시로가네 공원으로 데려갔다.

"지난번에 여기 왔을 땐 리카도 있었지." 내가 말했다. "나와 떨어져 지내는 동안 그녀를 보러 갔었어?"

"아니, 리카는 거기서는 다른 사람이 돼. 연기를 하거든."

"그럼 뭐 했어?"

"템플 기사단에 대한 프랑스 책을 읽었어." 그가 열에 들뜬 표정으로 말했다.

"잘했네."

"그래. 그리고 난 그들 중 하나가 되기로 결심했어."

"뭔 소리야?"

"템플 기사가 되고 싶어."

나는 산책을 하는 동안 내내 린리에게 그 야망의 시의부
적절함을 설명했다. 미남 왕 필립(Philippe le Bel, 필립 4세(1268-
1314) 프랑스 왕, 1285년부터 1314년까지 재위했다. : 역자 주) 치하의 유
럽이라면 의미가 있을 수도 있었을 것이다. 1989년의 도쿄
에 사는, 장차 유명한 보석세공학원의 책임자가 될 사람에
게는 부조리했다.

"난 템플 기사가 되고 싶어." 실망한 기색이 역력한 표정
으로 린리가 고집을 부렸다. "일본에 이미 템플 기사단이
있을 거라고 난 확신해."

"나도 그래, 네 나라에는 없는 게 없으니까. 네 동포들은
너무나 호기심이 왕성해서 무엇에 열정을 품든 그것을 함께
나눌 사람들을 찾을 수 있으니까."

"왜 나는 템플 기사가 되어서는 안 되는 거지?"

"오늘날에는 종파 같은 느낌이 들잖아."

그가 체념한 듯 한숨을 내쉬었다.

"중국 면 먹으러 갈까?" 템플 기사단에 가입하길 희망하
는 내 연인이 결국 제안했다.

"탁월한 생각."

식사를 하는 동안 나는 그에게 『저주받은 왕들』(『Les rois
maudits』, 프랑스 작가 Maurice Druon(1918-)이 쓴 7부작 역사소설. TV용

영화로 제작되어 큰 인기를 끌었다. : 역자 주)을 이야기해주려고 시도했다. 가장 어려운 것은 교황 선출방식이었다.

"그건 조금도 변하지 않았어. 여전히 교황선거회의가 소집되고, 추기경들이 함께 칩거에 들어가고……."

주제에 몰두한 나는 빠뜨리는 것 없이 아주 상세하게 얘기해주었다. 그는 면을 먹으며 내 얘기에 귀를 기울였다. 발표를 마친 내가 물었다.

"근데, 일본사람들은 교황을 어떻게 생각해?"

일반적으로 내가 질문을 던지면 린리는 곰곰이 생각해본 다음에 대답을 했다. 그런데 이번에는 단 일 초도 생각하지 않고 즉각 대답했다.

"아무 생각 안 해."

그야말로 아무 생각 없이 툭 튀어나온 말이라 나는 웃음을 터뜨렸다. 그 단호한 어조에는 어떠한 불손함도 담겨 있지 않았다. 오로지 자명한 사실의 확인뿐.

그 후로 나는 텔레비전에서 교황을 볼 때마다 이렇게 생각했다. '일억 이천 오백만 일본인들이 아무 생각도 안 하는 사람이 나왔네.' 그리곤 혼자 키득거렸다.

이국적인 것에 대한 일본인들의 호기심을 고려할 때 린리의 단언에 예외가 되는 사람들도 분명히 있을 것이다. 그래

도 그 주적(主敵)에 대해 아무 생각도 없으면서 템플 기사단
에 들어가겠다고 고집을 부리는 사람을 말린 것은 아무래도
잘한 일인 것 같다.

"내일은 산에 데려갈게." 린리가 전화로 나에게 예고
했다. "가벼운 신발 신고 와."

"좋은 생각이 아닌 것 같아." 내가 말했다.

"왜? 산 안 좋아해?"

"난 산에 푹 빠진 여자야."

"좋아, 결정했어." 내 대답에 담긴 모순 따윈 아랑곳 않은
채 그가 잘라 말했다.

전화를 끊자마자 나는 뱃속에서 뜨거운 것이 치밀어 올라
오는 것을 느꼈다. 전세계의 산에 대해 우려스러울 정도의
유혹을 느끼는데, 하물며 일본에 있는 산이라면 어떻겠는
가! 하지만 나는 그 산행에 위험이 없지 않다는 것을 알고
있었다. 해발 1500미터를 지나면 나는 다른 사람으로 변했

으니까.

8월 11일, 내 앞에서 하얀색 벤츠의 문이 열렸다.

"어디 가는 거야?"

"가보면 알아."

나는 한자에는 영 재능이 없었지만 언제든 지명은 읽을 수 있었다. 일본을 여행할 때 그 능력은 매우 유익했다.

그렇게, 아주 긴 거리를 달린 후에 내 추측이 사실로 확인되었다.

"후지산!"

그것은 내 꿈이었다. 전통에 따르면 모든 일본인은 평생 적어도 한 번은 후지산에 올라가봤어야 한다. 그렇지 못한 사람은 그토록 명망 높은 국적을 가질 자격이 없다. 일본인이 되기를 열렬히 갈망했던 나에겐 그 등반이 일본 국적을 따기 위한 묘책으로 여겨졌다. 산을 타는 게 내 주특기였던 만큼 더더욱.

린리는 화산암 벌판에 마련된 거대한 주차장에 차를 주차시켰다. 그 너머로는 어떠한 차량도 돌아다닐 수 없었다. 진정한 일본인의 신분을 얻으려는 사람들의 욕구를 증명이라도 하듯 사방에서 차들이 몰려들었다. 그것은 전혀 형식적인 절차가 아니었다. 단 하루 만에 해발 3,776m까지 올라가야 했으니까. 등산객들이 묵을 수 있는 숙소가 산의 기슭과 정상에만 있었으니까. 그런데 막 산을 오르기 시작한 군중 틈에는 노인, 아이, 아기를 업은 엄마, 심지어 임신 8개월은 족히 되어 보이는 임산부도 섞여 있었다. 이렇게, 일본 국적에는 늘 영웅적인 뭔가가 내포되어 있다.

나는 위쪽을 올려다보았다. 그러니까 그게 바로 후지산이었다. 나는 마침내 등잔 밑이 어둡다는 단순한 이유 때문에 그 산이 멋있어 보이지 않는 유일한 장소, 그 산기슭에 와 있었다. 그 화산은 내가 가끔 홀로그램으로 착각할 정도로 거의 모든 곳에서 볼 수 있는 숭고한 발명품이었다. 혼슈에는 후지산의 멋진 전경을 바라볼 수 있는 곳이 무수히 많다. 후지산이 보이지 않는 곳의 수를 세는 게 더 쉬울 정도로. 국가주의자들에게 나라를 하나로 묶는 상징이 필요했다면, 그들은 없는 후지산도 세웠을 것이다. 성스러운 신화적 감동을 느끼지 않고 그것을 바라보는 것은 불가능하다. 그것은 너무나 아름답고, 너무나 완벽하고, 너무나 이상적이니까.

그 발치에서 올려다볼 때만 빼놓고. 거기서는 그것이 곳곳에 널려 있는 흔한 산, 추하게 부풀어 오른 일종의 돌기처럼 보였다.

등산화, 등산복, 피켈, 린리는 등산 장비를 완벽하게 갖추고 있었다. 그는 운동화에 진 차림의 나를 연민의 눈으로 바라보았다. 하지만 혹시 내가 민망해 할까봐 일체의 논평을 자제했다.

"출발할까?" 그가 말했다.

난 그 말만 기다렸고, 근질거려 안달하는 다리를 풀어줬다. 태양 아래, 그리고 내 머리 속은 정오였다. 나는 정상까지 오르고 또 올라야 한다는 사실에 신이 나 씩씩하게 발걸음을 내디뎠다. 첫 천오백 미터가 가장 힘들었다. 바닥은 발이 푹푹 빠지는 푹신한 용암덩어리에 불과했다. 흔히 말하듯, 얻으려면 원해야 했다. 우리는 모두 원했다. 키 작은 노인들이 줄지어 산을 오르는 광경에 존경심이 저절로 우러나왔다.

천오백 고지부터 검은 자갈 지대가 듬성듬성 섞여 있는, 기분 좋게 디딜 수 있는 바위와 굳은 땅으로 뒤덮인 진짜 산이 시작되었다. 드디어 내 변신이 시작되는 고도에 도달했다. 나는 이백 미터나 뒤처져 있는 린리가 도착하기를 기다렸다가 정상에서 만나자는 약속을 하고 다시 출발했다.

나중에 그가 물었다.

"도대체 어떻게 된 거야? 고개를 들어보니 이미 사라지고 없던데.”

그의 말이 맞았다. 천오백 고지를 넘어서면 나는 사라진다. 내 몸이 순수한 에너지로 변한다. 사람들이 내가 어디 있을까 하고 생각하는 사이, 내 다리가 나를 너무나 먼 곳까지 실어가서 나는 보이지 않는 여자가 되어버렸다. 사실 그런 능력을 가진 사람은 많이 있어도 나처럼 짐작조차 할 수 없는 경우는 드물다. 어느 모로 보나 나는 자라투스트라를 전혀 닮지 않았으니까.

그런데 나는 바로 그것으로 변한다. 어떤 초인적인 힘이 나를 사로잡는다. 나는 태양을 향해 곧바로 올라간다. 내 머리 속에서 올림픽이 아니라 올림피아의 찬가들이 울려 퍼진다. 헤라클레스는 병약한 내 사촌동생이다. 그리스 가계를 들먹이긴 했지만, 우리, 조로아스터 교도들은 무엇인가 다르다.

자라투스트라가 되는 것, 그것은 발 대신 산을 삼켜 하늘로 변모시키는 신들을 섬기는 것, 무릎 대신 나머지 몸을 발사시키는 투석기를 가지는 것이다. 그것은 배 대신 전쟁을 알리는 북을, 심장 대신 승리의 타악기를 가지는 것, 너무나 격렬해 그것을 견디기 위해 초인적인 힘이 필요한 기쁨으로 가득한 머리를 가지는 것, 세상의 모든 권능을 불러 모았다는 단 하나의 이유 때문에 그것을 소유하는 것, 그것 모두를 자신의 피에 담는 것이다. 그것은 태양과 어깨를 나란히 한 채 대화를 나누기 위해 두 번 다시 발을 땅에 내려놓지 않는 것이다.

유머 많기로 유명한 운명은 내가 벨기에 여자로 태어나길 원했다. 조로아스터의 가계에 속한 여자를 납작하고 평평한 땅에서 태어나게 한 것, 그것은 나에게 이중스파이가 되라고 선고하는 운명의 장난이다.

나는 열심히 산을 오르는 일본인 무리들을 추월했다. 몇몇 사람이 고개를 들어 쏜살같이 지나가는 나를 쳐다봤다. 노인들은 설명조로 '와카이모노(젊은 것)'라고 말했다. 정작 젊은 것들은 할 말을 찾아내지 못했다.

모든 등산객을 추월했을 때 나는 혼자가 아니라는 사실을 깨달았다. 그날의 등산객 중에는 자라투스트라가 한 명 더 있었다. 그리고 그는 끈질기게 나에게 말을 걸어왔다. 그는 오키나와에 주둔하는 미군병사였다.

"나는 내가 비정상이라고 믿었어요." 그가 나에게 말했다. "그런데 당신은 여자이면서도 나처럼 산을 타는군요."

나는 구태여 그에게 조로아스터인들은 언제나 존재했다고 설명해주고 싶지 않았다. 그는 그 혈통에 끼일 자격이 없었다. 말이 많았고 성스러운 것에 무관심했으니까. 어느 집 안에나 그런 유전적 실수는 있는 법이다.

절경이 펼쳐지기 시작했다. 나는 그 눈부신 경치로 내 미국 사촌의 눈길을 돌리려고 애썼다. 그는 이렇게 웅얼거리는 것으로 만족했다.

"예, 그레이트 컨추리(Yeah, great contry)."

나는 그가 팬케이크 접시에 대해서도 똑같은 감흥을 보였을 거라고 생각했다.

나는 속도를 더 높여 그를 따돌리고자 했다. 아뿔싸, 그는 내 뒤를 바짝 따라붙으며 이렇게 반복했다.

"댓츠 어 걸(That's a girl)!"

그는 호의적인 타입, 다시 말해 전혀 조로아스터인이 아니었다. 나는 상황에 걸맞은 조로아스터, 바그너, 니체 유형의 정신상태를 경험하기 위해 고독을 되찾고 싶었다. 끊임없이 조잘대는, 혹시 벨기에가 튤립의 나라 아니냐고 물어대는 미군병사와는 불가능했다. 난 이빨을 갈며 미군의 오키나와 주둔을 저주했다.

해발 삼천오백 미터, 나는 그에게 그곳은 성스러운 산이라고, 명상에 잠겨 나머지 이백칠십육 미터를 오르고 싶다고 설명하며 입을 다물어달라고 정중하게 부탁했다. "노 프로블럼(No problem)", 그가 대답했다. 나는 그의 동행에 신경을 쓰지 않은 채 완전히 도취한 상태로 등반을 마쳤다.

정상에 오르자, 분화구를 에워싸는 어마어마한 바위 원주가 펼쳐졌다. 그 원주를 따라 걸을 경우에만 균형을 유지할 수 있었다. 돌아보면 푸른 하늘 아래 일본 평원이 끝없이 펼쳐져 있었다.

오후 네 시였다.

"이제 뭘 할 거죠?" 미군병사가 나에게 물었다.

"애인을 기다릴 거예요."

그 대답은 원했던 효과를 발휘했다. 미군병사는 곧바로 하산했다. 나는 안도의 한숨을 내쉬었다.

나는 분화구를 따라 걸었다. 원주를 다 돌려면 하루 종일 걸릴 것 같았다. 그 안쪽으로는 아무도 감히 발을 들여놓으려 하지 않을 것이다. 물론 화산은 꺼졌지만 그 거인들의 경기장에는 성스러운 기운이 감돌고 있었으니까.

나는 순례자들의 도착지가 마주보이는 곳에 걸터앉았다. 원추형의 산인데도 이유는 알 수 없지만 모든 사람이 같은 경사면을 따라 올라왔다. 아마도 나 역시 일본인이 되고 싶었기에 따랐던 그 특유의 순응주의 때문일 터였다. 미군병사와 나를 제외하고 외국인은 전혀 눈에 띄지 않았다. 자부

심에 가득한, 하지만 자신이 달성한 위업에 깜짝 놀란 표정으로 지팡이에 의지한 채 정상에 도착하는 노인들을 보는 것은 가슴 뛰는 경험이었다.

18시경에 도착한 한 팔십대 노인이 외쳤다.

"난 이제 일본인다운 일본인이 됐어!"

전쟁만으로는 서임에 충분하지 않았다. 해발 3,776미터에 오르는 것만이 그 신분을 획득할 권리를 주었다.

국민들이 덜 정직한 나라라면, 너무나 많은 사람들이 자신도 정상을 밟았노라고 거짓주장을 해서 분화구 가장자리에 증명서를 발급하는 창구라도 설치해야 했을 것이다. 그랬다면 나한테는 오히려 잘된 일이었을 것이다. 그런데 지금은 말로 내 자격을 주장할 수밖에 없을 것이다. 그리고 그것은 틀림없이 아무런 가치도 없을 것이다.

린리는 18시 30분에야 도착했다.

"먼저 와 있었네!" 걱정했다는 듯 그가 외쳤다.

"한참 됐어."

그가 바닥에 털썩 주저앉았다.

"더는 한 발짝도 못 걷겠어."

"넌 이제 진정한 일본인이 된 거야."

"마치 그게 되기 위해 이 고생을 해야 되는 것처럼!"

팔십대 노인과 그 사이에는 관점의 차이가 있었다. 일본 국적도 이젠 위신을 많이 상실한 듯 보였다.

"거기 계속 그러고 있지 마." 내가 그에게 말했다.

나는 잠자리를 제공받을 수 있는 길쭉하게 생긴 산장으로 그를 데려가기 위해 등을 떠밀었다. 그가 건과자와 형광 소다수를 내밀었을 때, 나는 해돋이를 보려면 새벽 일찍 일어나야 할 거라고 말해주었다.

"어떻게 그렇게 빨리 올라왔어?" 그가 물었다.

"왜냐하면 난 자라투스트라니까." 내가 대답했다.

"자라투스트라. 이렇게 말했던 사람?"

"그래."

린리는 별로 놀라지 않은 채 그 정보를 접수했고 곧 잠에 곯아떨어졌다. 그와 함께 하고 싶었던 나는 그를 깨우기 위해 흔들어댔다. 하지만 시체 간지럼 태우기나 마찬가지였다. 어떻게 내가 잠이 오겠는가? 나는 후지산 정상에 있었다. 그것은 눈을 붙이기에는 너무나 가슴 설레는 경험이었다. 나는 산장 밖으로 나갔다.

이제 평원은 어둠에 잠겨 있었다. 멀리, 빛을 발하는 거대한 버섯, 도쿄가 보였다. 나는 추위에, 그리고 고대의 후지와 미래지향적인 수도, 그 축소판 일본을 한눈에 보는 감동에 몸을 떨었다.

나는 분화구에 드러누운 채 내가 감당하기에는 너무나 큰 사상들에 전율하며 불면의 밤을 보냈다. 야영지에 묵는 사람들도 결국 모두 잠들었다. 나는 첫 서광을 보는 사람이 되기를 원했다.

해가 뜨기를 기다리는 동안, 나는 믿을 수 없는 광경을 목격했다. 자정부터 환한 행렬들이 산을 기어오르기 시작했다. 그렇게, 아마도 추위에 너무 오래 떠는 것을 피하기 위해 밤 산행에 나서는 용기를 가진 사람들이 있었다. 사실 놓치지 말아야 할 광경은 해돋이였다. 미리 산 정상에 올라가 있는 것은 조금도 중요하지 않았다. 눈물을 머금은 채, 나는 정상을 향해 꿈틀꿈틀 기어 올라오는, 황금빛으로 물든 그 느린 애벌레들을 바라보았다. 분명 그 행렬들은 운동선수가 아니라 평범한 사람들로 구성되어 있을 터였다. 그런 민족을 어떻게 우러러보지 않을 수 있겠는가?

새벽 네 시경, 첫 야간 등산객들이 도착하는 동안, 하늘에 가느다란 빛의 필라멘트들이 나타났다. 나는 부리나케 달려가 린리를 흔들어 깨웠다. 그는 자신은 이미 일본인이라고, 나중에 차에서 만나자고 웅얼거리고는 다시 잠들었다. 나는 내가 일본인이 될 자격이 있다면 그는 벨기에인이 될 자격이 있다고 생각하며 다시 밖으로 뛰쳐나갔다. 떠오르는 태양을 마주하고 서서히 무리가 형성되었다.

나도 그 무리에 합류했다. 사람들이 꼼짝 않고 선 채 가장 깊은 침묵 속에서 초조하게 해가 뜨기를 기다렸다. 내 심장이 마구 방망이질치기 시작했다. 여름 하늘에는 구름 한 점 없었다. 우리 뒤에는 사화산의 심연이 있었다.

갑자기, 지평선에 붉은 조각이 나타났다. 전율이 침묵하는 사람들을 훑고 지나갔다. 이어 위풍당당함을 손상시키지 않는 속도로 원반 전체가 무에서 솟아올라 평원을 굽어보았다.

바로 그때, 아직 떠올리기만 해도 가슴이 설레는 현상이 일어났다. 내 것까지 합해 거기 모인 수백 개의 가슴에서 함성이 터져 나왔던 것이다.

"반자이(萬歲)!"

그 함성은 완곡한 표현에 지나지 않았다. 그 광경이 촉발시키는 영원의 감정을 표현하려면 만년의 세월도 충분치 않았을 것이다.

우리의 모습은 아마도 극우단체를 떠올리게 했을 것이다. 하지만 그 자리에 있었던 선량한 사람들은 당신이나 나만큼이나 전체주의자와는 거리가 멀었다. 사실, 우리가 함께 나눈 것은 이념이 아니라 신화, 지구상에서 가장 효율적인 신화 중 하나였다.

나는 눈물이 가득 고인 눈으로 아직 창백한 창공에 자신의 금을 붓기 위해 일본의 깃발이 서서히 붉은 빛을 잃어가는 것을 지켜보았다. 아마테라수(일본신화에 나오는 태양의 신 : 역자 주)는 내 사촌이 아니었다.

집단적 황홀감이 약간 가셨을 때, 나는 누군가가 이렇게 말하는 것을 들었다.

"이제 다시 내려가야지. 올라오는 것보다 내려가는 게 더 힘들어. 하산 기록이 아마 55분이라지? 넘어지면 무효라던데, 어떻게 한 번도 안 넘어지고 그 먼 길을 그렇게 빨리 내려갈 수 있는지 몰라."

"두 발로 뛰어 내려가는 거, 그거 당연한 거 아니에요?" 다른 사람이 말했다.

"아니, 바닥이 너무 미끄러워 앉아서 내려갈 수도 있을 거예요. 어떤 할머니가 그렇게 하는 걸 본 적이 있거든요."

"이번이 처음이 아니라는 말씀이세요?"

"이번이 세 번짼데, 다음에 또 올라올 거예요."

'저 사람, 일본 국적을 여러 번 딸 자격이 있겠군.' 나는 속으로 생각했다. 그의 언급에 내 도전정신은 한층 고무되어 있었다.

나는 태양과 마주보고 섰다. 다섯 시 삼십 분 정각, 나는 산비탈로 몸을 내던졌다. 나는 브레이크를 제거해버렸다. 내가 그때 경험한 것은 웅비 그 이상이었다. 넘어지지 않으려면 다리를 끊임없이 움직이고, 화산암 먼지를 일으키며 달리고, 발만큼이나 빠르게 머리를 회전시키고, 정신착란에 빠지지 않도록 경계를 단 일 초도 늦추지 않고, 어쩔 수 없이 미끄러져 속도가 더 높아질 때는 균형을 잃지 않도록 웃음을 터뜨려야 했다. 나는 떠오르는 태양 아래 후지산을 미끄러져 내려가는 유성, 탄도학의 연구 주제였다. 나는 마음껏 소리쳐 화산을 깨웠다.

나는 여섯 시 십오 분이 채 안 된 시각에 주차장에 도착했다. 기록을 갱신했던 것이다, 그것도 여유 있게. 하지만 그것을 공인해줄 사람은 아무도 없었다. 내 위업은 영원히 개인적 신화로만 남을 터였다.

난 수돗가에서 화산암 먼지를 뒤집어써 시커멓게 변한 얼굴을 씻고 목도 축였다. 이제 린리를 기다리는 일만 남아 있었다. 그것은 오래 걸릴 위험이 있었다. 다행히도 일본에서 지나가는 사람들을 구경하면서 무료해하는 것은 불가능하다. 나는 바닥에 주저앉아 몇 시간 동안 거의 동포 같은 느낌이 드는 사람들을 구경했다.

린리는 오후 두 시가 되어서야 겨우 모습을 드러냈다. 그는 팔다리가 따로 노는 사람처럼 보였다. 그는 군소리 없이 날 도쿄까지 태워다주었다.

이튿날, 린리가 택배로 붉은 장미꽃 스물두 송이를 보내왔다. 쪽지 한 장이 끼워져 있었다. '친애하는 자라투스트라, 생일 축하해!' 그는 자신은 초인이 아니라 꽃을 직접 갖다 주지 못한다고 사과했다. 다리가 아파 일어설 수조차 없다며.

며칠 후, 린리가 전화로 가족이 일주일 일정으로 여행을 떠났다고 알려왔다. 그는 그 기간 동안 자기 집에서 함께 지내자고 졸랐다.

나는 두려움 반 호기심 반으로 받아들였다. 나는 그렇게 오랫동안 그와 함께 지내본 적이 없었다.

그가 보따리를 꾸린 날 데리러 왔다. 잔뜩 겁을 집어먹은 내가 콘크리트 성에 도착하자 물었다.

"난 어디서 자?"

"나하고, 내 부모 침대에서."

나는 그 황당한 결정에 대해 격렬하게 항의했다. 린리는 평소처럼 어깨를 으쓱하고 말았다.

"아무리 그래도 그렇지 네 부모 침대라니!"

“아무것도 모를 텐데 뭘.” 그가 말했다.

“난 모르지 않잖아.”

“설마 내 싱글 침대에서 함께 자자는 건 아니겠지? 그건 지옥이나 다름없을 거야.”

“다른 가능성은 없어?”

“있지. 내 조부모의 침대에서 자는 거.”

그 논거가 내 생각을 바꾸어놓았다. 그의 조부모를 극도로 혐오했던 나는 부모 침대에서 자자는 그의 제안을 슬그머니 받아들였다.

그건 거대한 물침대였다. 그런 덫들은 20년 전에 유행한 것이었다. 사람들은 거기서 놀라운 불편을 경험했다.

“흥미롭네.” 내가 말했다. “동작 하나하나를 생각해서 해야 할 것 같아.”

“영화 〈해방〉(〈Délivrance〉, 존 부어맨 감독이 만든 영화. 우리나라에는 『서바이벌 게임』이라는 제목으로 소개되었다. : 역자 주)에 나오는 보트를 탄 기분일 거야.”

“맞아. 해방은 바로 거기서 벗어나는 거니까.”

특별한 메뉴를 미리 생각해뒀는지 린리가 부엌에 틀어박혔다. 나는 콘크리트 성 내부를 둘러보았다.

왜 나는 카메라에 감시를 당하고 있다는 확신을 떨쳐버릴 수 없었을까? 누가 훔쳐보는 듯한 느낌이 계속 날 따라다녔다. 나는 천장을 향해, 그리고 벽을 향해 인상을 찡그렸다. 아무 일도 일어나지 않았다. 적이 내 비행(非行)을 못 본 척할 정도로 교활한 만큼 경계를 늦추지 말아야 했다.

현대미술작품을 향해 혀를 쑥 내밀고 있는데 린리가 불쑥 나타났다.

"나카가미(나카가미 키요시(中上淸), 1949년생, 화가, 어디에도 없는 빛과 공간을 그림 평면상에 만들어온 작가로, 서울이나 뉴델리, 발리 등 국제적인 무대에서 활동하고 있는 현대화가의 기수. : 역자 주) 작품 안 좋아해?" 그가 물었다.

"아니, 좋아해. 정말 훌륭해." 어둠을 표현한 그 천재적인 작품에 감탄하며 내가 솔직한 심정으로 말했다.

린리는 벨기에 사람들은 그림을 보고 감명을 받으면 혀를 내미는 모양이라고 결론짓는 듯했다.

참깨를 뿌린 시금치, 치소(紫蘇, 치소 혹은 시소라고 부르는 채소 이름, 깻잎 비슷함. : 역자 주) 메추라기 알 조림, 성게, 잔뜩 멋을 부린 진미들이 식탁에서 날 기다리고 있었다. 나는 맛있게 먹었다. 그런데 그는 음식에 입도 대지 않았다.

"왜 안 먹어?"

"난 이 요리들 안 좋아해."

“그럼 뭐하러 준비했어?”

“너를 위해서. 나는 네가 먹는 걸 보고만 있어도 기분이 좋아.”

“나도 네가 먹는 걸 바라보는 게 좋아.” 내가 팔짱을 끼며 말했다.

“제발, 더 먹어, 너무나 아름다워.”

“네가 먹을 걸 가져오지 않는 한 난 단식 농성을 계속할 거야.”

나는 괴로웠다. 그를 난감하게 만드는 게, 그리고 무엇보다 눈을 뗄 수 없게 만드는 그 진미들에 달려들고 싶은 욕구를 자제하는 게.

린리가 침통한 표정으로 부엌으로 가서 이탈리아-미국식 살라미와 마요네즈 한 통을 갖고 돌아왔다. 나는 생각했다. ‘아냐, 아무리 그래도 그렇지 저걸 먹진 않을 거야.’ 하지만 웬걸, 그는 살라미에 마요네즈를 1cm 두께로 발라 먹었다. 복수 혹은 도발? 그가 그 악몽을 집어삼키며 뿌듯해하는 동안, 나는 무관심을 가장하며 그 섬세한 보물들을 하나씩 맛보았다. 굳은 내 표정을 본 그가 비웃듯 물었다.

“내가 먹길 원했잖아?”

“그래, 됐어.” 내가 거짓말을 했다. “각자 좋아하는 걸 먹으니 잘 됐잖아."

"친구들을 몽땅 초대해서 너에게 소개하고 싶어. 그래도 괜찮아?"

나는 승낙했다. 저녁파티는 닷새 후로 잡혔다.

바캉스 기간이어서 나는 콘크리트 성 밖으로는 한 발짝도 나가지 않았다. 린리는 날 공주처럼 대했다. 그는 날 위해 거실 벽에 걸려 있는 나카가미의 그림 아래 옻칠이 된 필기대를 설치해주었다. 나는 그런 과분한 상태에서는 글을 써본 적이 없었다. 창작에는 질 나쁜, 나아가 쓰레기 같은 재료만큼 좋은 것이 없다. 옻칠이 내 손가락에 묻어났고, 나는 내 원고를 더럽혔다.

린리가 넋 나간 표정으로 바라보고 있으면 난 글쓰기를 멈추었다. 그러면 그는 애원하는 표정으로 글을 쓰는 동작을 해보였다. 나는 그를 만족시키기 위해서는 무엇이든 쓰기만 하면 된다는 것을 깨달았다. 나는 영화 〈샤이닝〉의 주인공처럼 내가 미쳐가고 있다고 끝없이 써내려갔다. 하지만 주변에 도끼가 없어서 영화 속 주인공을 끝까지 따라할 순 없었다.

지금까지 내가 경험해본 둘만의 생활은 언니와 해본 것이 유일했다. 하지만 언니는 내 분신이나 다름없어서 둘이라고 할 수도 없었다. 오히려 더는 추구할 것이 없는 완벽한 한 존재의 삶이었다.

내가 린리와 함께 경험한 생활은 묘한 매력을 갖춘 불편의 나눔을 둘러싸고 유기적으로 구성되는 전혀 새로운 것이었다. 그것은 우리가 함께 자는 물침대만큼이나 유행에 뒤떨어진, 불편하지만 재미있는 것이었다. 우리의 관계는 감동적인 불편을 함께 경험하는 데 있었다.

린리는 내가 아름답다고 느낄 때마다 모든 것을 중단시켰다. 아무리 이상한 자세에서도 나는 동작을 중단한 채 그것을 유지해야만 했다. 그러면 그는 내 주위를 돌며 감동어린 '오!'를 연발했다. 나는 이해할 수가 없었다. 어느 날, 나는 그가 분주히 요리를 하고 있는 부엌으로 들어갔다. 빨간 토마토가 유난히 맛있어 보여서 내가 한 입 베어 물었다. 그가 비명을 내질렀다. 나는 그가 또 그 유명한 아름다움을 발견한 모양이라고 생각해 동작을 멈추었다. 그가 내 손에서 토마토를 앗아가며 그 과일이 내 안색을 흐려놓을 거라고 말했다. 자기는 살라미에 마요네즈를 발라 먹으면서! 터무니없는 말을 한다고 생각한 나는 토마토를 다시 빼앗았다. 그가 뽀얀 안색의 덧없음에 대해 절망적인 말들을 쏟아놓기 시작했다.

가끔 전화벨이 울렸다. 그는 일본식으로 전화를 받았다. 다시 말해, 의심스러울 정도로 간단하게 통화를 하고 수화기를 내려놓았다. 통화시간은 기껏해야 십초를 넘기지 않았다. 나는 아직 그런 일본 관습을 모르고 있었고, 그래서 눈처럼 하얀 벤츠를 봤을 때처럼 이번에도 그가 야쿠자에 소속되어 있을 거라고 생각했다. 그는 차를 끌고 장을 보러 갔고, 두 시간 후에 달랑 생강뿌리 세 개를 들고 돌아왔다. 그 장보기에는 분명히 뭔가가 감춰져 있었다. 게다가 그는 누이를 통해 캘리포니아 갱단과도 연을 맺고 있지 않은가.

나중에, 그의 결백에 의심의 여지가 없었을 때, 나는 진실이 훨씬 더 황당하다는 것을 알았다. 그가 실제로 생강뿌리 세 개를 고르느라 두 시간을 보냈던 것이다.

시간은 좀처럼 흘러가지 않았다. 난 자유롭게 외출할 수 있었지만 전혀 그럴 생각이 없었다. 그 동거의 종교적 엄숙함이 날 매료시켰다. 린리가 그 신비로운 나들이에 나서면, 나는 혼자 있는 틈을 타 모종의 악행을 저질러놓고 싶었다. 나는 해를 끼칠 수 있는 가능성을 찾아 콘크리트 성을 돌아다녔지만 결국 그것을 찾아내지 못했다. 전쟁에 지친 나는 글을 썼다.

그가 돌아왔다. 나는 그를 '단나사마(각하, 주인님)'라 부르며 예를 갖춰 그를 맞이했다. 그는 엎드려 절을 하며, 자신을 '당신의 노예'라 칭하며 자신의 열등함을 주장했다. 그 원숭이시늉이 끝난 다음에야 그는 나에게 사온 것을 보여주었다.

"생강뿌리 세 개, 정말 멋지네!" 내가 황홀해했다.

나는 이미 흉악한 범죄자들의 배우자에 대한 학회에 참석하는 내 모습을 그리고 있었다. '당신 약혼자가 갱단 두목이라는 걸 어떻게 알게 됐죠?'

나는 그의 행동을 해독해보려고 시도했다. 그가 아주 특이한 행동을 하곤 했으니까. 그는 거실 중앙에 도래가 가득 담긴 큼직한 대나무 통을 갖다놓았다. 그리곤 모래 표면을 매끈하게 고른 다음 일어서서 맨발로 뭔지 알 수 없는 기호를 그렸다.

나는 그가 그렇게 쓴 것을 해독해보려 들었다. 그러면 그는 부끄럽다는 듯 발바닥으로 그것을 지워버렸다. 그것이 야쿠자 가설을 확인시켜주었다. 어쨌거나 나에게는 그렇게 보였다. 나는 내색을 하지 않은 채 그 글자들이 무엇을 뜻하느냐고 물어보았다.

"집중하려고 써본 거야." 그가 대답했다.

"집중은 왜 하는데?"

"그냥. 사람은 언제나 집중할 필요가 있어."

하지만 그는 집중이 잘 안 되는 것처럼 보였다. 계속 딴 생각에 빠져 있었으니까. 그것이 결국 누군가를 떠올리게 만들었다.

"간통을 저지른 여자 일화에서 그리스도도 맨발로 땅바닥에 기호들을 그려." 내가 말했다.

"아, 그래?" 모든 종교적 주제가 그에게 불어넣는 깊은 무관심을(이유는 알 수 없지만 템플 기사단만 빼놓고) 드러내며 그가 말했다.

"로마인들이 십자가에 못박힌 예수의 머리 위에 INRI (Iesus Nazarenus Rex Iudaeorum, 유대인의 왕 나자렛 예수 : 역자 주)라고 써놓았다는 거 알아? 앞에 R자만 붙이면 네 이름이야."

그리고 나는 그에게 그 약자를 설명해주었다. 나는 드디어 그의 흥미를 끄는 데 성공했다.

"왜 내 이름에는 글자 하나가 더 붙었을까?" 그가 물었다.

"네가 그리스도가 아니기 때문이겠지." 내가 대답했다.

"아니면 그리스도가 이니셜을 하나 더 가졌거나. 첫 글자 R이 로닌(ronin, 낭인, 일본 사무라이)의 R일 수도 있어."

"일본어와 라틴어를 섞어 사용하는 표현 많이 알아?" 내가 아이러니를 담아 물었다.

"그리스도가 지금 재림한다면 단 한 가지 언어를 사용하는 것으로 만족하진 않을 거야."

"그래, 하지만 라틴어를 사용하진 않겠지."

"그걸 어떻게 알아? 그는 시대들을 뒤섞을 거야."

"그래서 넌 그가 낭인일 거라고 생각해?"

"뼛속까지 낭인일 거야. 특히 십자가에 못박혔고, '왜 절 버리셨나이까?' 라고 말한 걸로 봐서는. 주군 잃은 사무라이가 할 만한 말이거든."

"제법 아네. 성경을 읽어본 거야?"

"아니, 『템플 기사가 되는 법』이라는 책에서 읽었어."

그 제목을 듣고 난 내가 그를 더 늦게 만났으면 안 될 뻔했다고 생각했다.

"그런 제목을 가진 일본 책이 있어?"

"그래, 네 덕분에 난 눈을 떴어. 난 사무라이 예수야."

"네가 어떤 점에서 그리스도를 닮았다고 생각해?"

"두고 보자고. 난 이제 겨우 스물한 살이니까."

그에게 많은 여지를 남겨놓은 그 결론이 날 실소하게 만들었다.

그의 친구들과 저녁식사를 하기로 한 날이 돌아왔다. 린리는 아침부터 혼자 놔둬서 미안하다고 사과하고는 부엌에 틀어박혔다.

난 하라와 마사를 빼놓고는 누구를 만나게 될지 알지 못했다. 그 두 사람은 전혀 야쿠자처럼 보이지 않았었다. 하지만 린리 역시 그랬다. 아마 다른 이들은 좀더 그 직업에 어울리는 용모를 하고 있지 않을까 싶었다.

나는 나카가미의 웅대한 그림을 보며 오랫동안 명상에 잠겼다. 그 어두운 광채를 관조하는 데에는 아주 작은 음악조차 방해가 되었을 것이다.

18시경, 나는 린리가 땀에 흠뻑 젖은 채 냄비들 사이에서 나와 식탁을 차리는 것을 보았다. 내가 돕겠다고 나섰지만 그는 일체 손을 못 대게 했다. 그리고는 부리나케 달려가 샤워를 하고 돌아왔다. 18시 55분, 그가 나에게 손님들의 도착을 알렸다.

"그들이 오는 소릴 들었어?" 내가 물었다.

"아니. 19시 15분으로 약속을 잡았으니까 19시에는 다들 와 있을 거야."

19시 정각, 합성된 벨소리가 그의 장담을 확인시켜주었다. 따로따로 도착한 열한 명의 청년이 문 앞에서 기다리고 있었다.

린리가 그들을 들어오게 하고는 간단하게 인사를 하고 부엌으로 사라졌다. 하라와 마사가 나를 향해 고개를 까딱였다. 나머지 아홉 명이 자기소개를 했다. 그 넓은 거실이 꽉 찬 느낌이었다. 나는 그들에게 린리가 준비해둔 맥주를 대접했다.

모두가 말없이 날 쳐다보았다. 이미 만난 적이 있는 두 사람과 대화를 해보려 시도했지만 소용이 없었다. 처음 만나는 사람들과의 대화 시도 역시 불발로 끝났다. 나는 속으로 린리에게 어서 식탁으로 건너와서 이 불편함을 씻어내 달라고 애원했다. 하지만 아직 식사준비가 끝나지 않은 모양이었다.

말없이 앉아 있기가 부담스러워 나는 떠오르는 대로 혼잣말을 하기 시작했다.

"일본사람들이 맥주를 이렇게 즐겨 마실 줄은 정말 몰랐어요. 이미 수차례 눈여겨본 것이지만 오늘 저녁에도 확인할 수 있었죠. 음료를 제안하면 일본사람들은 늘 맥주를 선택해요."

그들은 예의를 갖춰 내 말에 귀를 기울였지만 끝내 아무 말도 하지 않았다.

"일본사람들은 옛날에도 맥주를 마셨나요?"

"모르겠어요." 하라가 대답했다.

다른 청년들도 모른다는 뜻으로 고개를 저었다. 다시 무거운 침묵이 자리 잡았다.

"벨기에 사람들도 맥주 많이 마셔요."

나는 하라와 마사가 지난번에 내가 가져갔던 선물을 떠올리고는 그에 대해 말해주기를 기대했다. 하지만 웬걸, 그들은 꿀 먹은 벙어리처럼 입을 다물고 있었다. 결국 내가 다시 말을 이었고, 내 나라의 맥주에 대해 내가 아는 모든 것을 이야기했다. 열한 명의 청년은 내 얘기를 경청하며 마치 강연회에 초대받은 것처럼 행동했다. 그들 중 하나가 수첩을 꺼내 노트를 하지 않을까 두려울 정도였다. 나 자신이 얼마나 우스꽝스럽게 느껴졌던지.

내가 입을 다물자마자 다시 정적이 흘렀다. 그들도 그 침묵을 불편해하는 것처럼 보였다. 하지만 나를 돕겠다고 나서는 사람은 아무도 없었다. 나는 그 침묵을 끝까지 밀고나가 그들이 언제까지 버티는지 시험해보기로 작정했다. 말한 마디 없이 오 분이 흘러갔다. 모두가 인내의 정점에 도달했을 때 내가 떠오르는 대로 다시 말을 이었다.

"로덴바흐라는 맥주도 있는데 색이 붉어요. 그래서 사람들은 그걸 와인 맥주라 부르죠."

그들도 숨통이 좀 트이는 듯했다. 나는 결국 그들이 날 진짜 강연자로 취급해 이런저런 질문을 던져주길 바라기에 이르렀다.

마침내 린리가 우릴 식탁으로 불렀을 때 나는 안도의 한숨을 내쉬었다. 우리는 린리가 지정해주는 대로 앉았다. 상석은 내 몫이었다. 나는 집주인의 자리가 남아 있지 않다는 것을 깨달았다.

"네 자리 남겨두는 걸 잊었어." 내가 속삭였다.

"아니."

그는 곧 부엌으로 사라졌다. 그래서 그 이상은 알 수가 없었다. 그가 진미로 가득한 쟁반을 들고 와 서빙을 했다. 민들레 튀김, 연근으로 속을 채운 치소 잎, 시트런(레몬보다 크기가 큰 신 과일 : 역자 주)에 절인 콩, 한 입에 쏙 들어가게 튀긴 난쟁이 게. 그는 우리 각자에게 따뜻한 사케를 부어준 후 부엌으로 들어가 문을 닫았다.

그때서야 나는 깨달았다. 내가 혼자 그 저녁식사를 주재하는 여주인 노릇을 해야 한다는 걸. 린리는 일본 주부처럼 노예에게 할당된 자리에 틀어박혀 있을 것이다.

그들이 손님으로서 예의를 차리느라 놀라움을 드러내지 못하는 게 아닌 한, 린리의 행동에 놀란 사람은 나밖에 없는 것 같았다. 요리의 섬세함을 칭찬하는 소곤거림이 들려왔다. 나는 최소한 그 진미들이 그들의 혀를 풀어주기를 바랐다. 천만에. 그들은 종교적 침묵 속에서 요리를 하나씩 음미했다.

나는 그들의 태도에 동감했다. 난 늘 진미를 맛보면서 억지로 얘길 나눠야 하는 것에 거부감을 느꼈다. 난 린리가 그래도 결과적으로는 날 구해줬다고 생각하며 마음을 가다듬고 아무 말 없이 입맛을 다셨다.

황홀경에 빠져 진미를 하나씩 맛보던 나는 손님들이 약간 거북해하며 뭔가를 묻는 듯한 눈길로 나를 바라보고 있다는 것을 깨달았다. 그들은 내가 왜 더 이상 그들에게 신경을 쓰지 않는지 의아해하는 것처럼 보였다. 입을 다물기로 작정했으니 말을 하고 싶으면 자기들이 하라지! 벨기에 맥주에 대해 한 차례 강연을 했으니 나도 휴식과 식사를 즐길 권리가 있었다. 대화로 분위기를 이끌어가는 것은 이제 그들 몫이었다.

린리가 빈 접시들을 치우고 각 손님 앞에 난초 죽이 담긴 칠기 사발을 하나씩 갖다 놨다. 나는 그의 멋진 작품에 열렬한 박수를 보냈다. 다른 이들은 칭찬 한 마디로 만족할 정도로 그의 주부 역할을 당연한 것으로 받아들였다. 노예는 겸손하게 눈을 내리깔고 말 한 마디 않은 채 자신의 지하 감옥으로 달려가 틀어박혔다.

난초 죽은 보기만 좋을 뿐 맛은 없었다. 예술작품 감상이 끝나자 더는 특별히 관심을 둘 데가 없었다. 또 다시 무거운 침묵이 흘렀다.

바로 그때 하라가 나에게 믿을 수 없는 말을 했다.

"와인 맥주 얘길 하던 중이었어요."

내 숟가락이 허공에서 멈췄다. 나는 깨달았다. 그들은 내가 강연을 계속하길 기다리고 있었던 것이다. 더 정확하게 말하자면, 그들은 그날 저녁 나에게 conversationneuse의 역할을 부여했다.

일본인들은 대화를 대신해주는 그 멋진 직업을 발명해냈다. 그들은 저녁식사의 골칫거리가 대화를 나눠야 하는 그 지겨운 의무라는 것을 깨달았다. 중세시대 때 황실 만찬이 벌어지면 사람들은 아무 말 없이 먹기만 했다. 그래도 아무 문제가 없었다. 19세기에 서구 관습을 접한 지체 높은 양반들이 식사를 하면서 대화를 나누기 시작했다. 그런데 그들은 곧 그것이 성가시다는 것을 깨달았고, 그래서 그 의무를 한동안 게이샤들에게 맡겼다. 그런데 머지않아 게이샤가 드물어지자, 그들은 기발하게도 conversationneur라는 직업을 만들어 해결책을 찾아냈다.

Conversationneur는 임무를 맡기 전에 식탁배치도와 손님들의 신원이 들어 있는 서류를 받는다. 결례가 되지 않는 범위 내에서 각 손님에 대한 정보를 수집하는 것도 그가 해야 하는 일이다. 식사가 시작되면 conversationneur는 마이크를 들고 식탁 주변을 돌아다니며 이런 식으로 떠들어댄다. '여기 계시는 유명회사 사장님 토시바 씨는 아마 중학교 동기인 사토 씨에게 중학교 시절 이후로 전혀 변하지 않았다고 말씀하실 겁니다. 사토 씨는 지난달 〈아사히신문〉 인터뷰에서 밝힌 것처럼 골프를 열심히 치면 몸매를 유지하는 데 도움이 된다고 대답하실 겁니다. 이에 호리에 씨는 다

음에는 그가 편집장을 맡고 있는 〈마이니치신문〉하고 인터
뷰를 해달라고 제안하실 겁니다…….'

전혀 흥미롭지 않지만 그렇다고 서구인들이 식사를 하며
나누는 대화보다 덜 흥미롭지는 않은 이 장광설은 손님들이
억지로 얘길 나눌 필요 없이 편하게 식사를 하게 해주는 반
박할 수 없는 장점을 가지고 있다. 무엇보다 놀라운 것은 사
람들이 식사를 하며 conversationneur의 말에 귀를 기울인
다는 사실이다.

"브뤼셀에서는 아직도 수제 맥주를 만들어요……." 내가
말했다.

내 역할이 다시 시작되었다. 린리의 친구들도 지체 없이
만족의 신호를 보냈다. 세르부아즈는 천연효모로 발효시킨
다고 말하자, 그들은 한동안 이야기가 중단되었던 만큼 더
욱 열광적인 반응을 보였다. 나는 내심 노동조합에 가입하
지 않은 것을 크게 후회했다. 나는 무보수로 일하는 conver-
sationneuse였고, 설상가상으로 손님들에 대한 정보를 전혀
갖고 있질 못했다. 그런데 그런 조건에서 내가 어떻게 임무
를 다하길 원하는가?

그래도 나는 용감하게 그 일을 해냈다. 속으로 린리에게
상욕을 해대긴 했지만. 린리는 빈 난초 죽 사발을 치우고 애

석하게도 그 자리에 '차완무시'(일본식 계란찜 : 역자 주) 종지를 갖다놓았다. 뜨거울 때 먹어야 제맛인, 계란에 생선 우린 물, 해산물, 그리고 검은 버섯을 넣어 익힌 그 찜을 위해서라면 나는 부모라도 팔았을 것이다. 하지만 나는 그 진미에 입도 못 댈 가능성이 컸다. 왜냐하면 오르발 맥주가 왜 상온으로 마셔야 하는 유일한 맥주인지를 한창 설명하고 있었으니까.

그것은 평평한 땅의 그리스도가 포도주가 아니라 맥주로 채워진 성배를 든 채 '이것은 내 피, 너희와 죄진 많은 자들을 용서하기 위해 내가 흘린 흰 피로다. 그러니 너희는 내 희생을 기억하여 이를 행하라. 왜냐하면 너희가 그 가리비 조개를 맛있게 먹는 동안 죽어라고 지껄이는 자가 있음이라. 화로 뒤에 숨어 감히 나에게 유다의 입맞춤을 해주러 오지도 못하는 열세 번째 제자는 톡톡한 대가를 치르게 될 테니 어디 두고 보자꾸나' 라고 말하는 벨기에 버전의 최후의 만찬이었다.

감히 사무라이 예수를 자처한 적이 있는 자가 디저트로 젤리를 내왔지만 나는 색깔조차 제대로 구경하지 못했다. 강연을 마무리하고 있는 중이었으니까.

"제가 오늘 저녁 얘기한 맥주들은 대부분 키노쿠니야 가게에 가면 구할 수 있고, 그 중 몇몇은 아자부 슈퍼마켓에도 있어요."

나는 우레 같은 박수를 받을 자격이 있었다. 그들이 내 강연을 배경음악 삼아 정신적으로 아주 편안한 상태에서 식사를 마쳤으니까. 그들은 절대적 평온 속에서 행한 식사가 가져다줄 수 있는 모든 감각의 포만감을 음미하고 있었다. 내가 쓸모가 없진 않았던 것이다.

곧이어 린리가 거실로 나가자고 말하고는 커피를 마시기 위해 합류했다. 그가 우리 사이에 자리를 잡자마자, 손님들은 다시 친구 집에 놀러온 스물한 살의 젊은이들로 돌아갔다. 그들은 자연스럽게 담소를 나누고, 킬킬대며 웃고, 담배를 피우며 프레디 머큐리의 노래를 듣고, 다리를 한껏 벌린 채 안락의자에 편히 앉기 시작했다. 돌부처 같은 승려 열한 명의 침묵을 견뎌내야만 했던 나는 절망에 사로잡혔다.

나는 언급했던 모든 맥주를 마시기라도 한 것처럼 K.O. 상태로 소파에 쓰러져 침입자들이 떠날 때까지 더는 단 한마디도 하지 않았다. 나는 린리를 목 졸라 죽이고 싶었다. 장장 세 시간 동안 나에게 그 생고생을 면하게 해주려면 그가 우리와 함께 하는 것으로 충분했을 것이다! 그런데 내가 어떻게 그를 살해하지 않을 수 있겠는가?

침입자들이 모두 가고 나자, 나는 냉정을 유지하기 위해 심호흡을 했다.

"왜 장장 세 시간 동안 날 혼자 내버려둔 거야?"

"네가 그들과 친해지게."

"대충이라도 설명을 해줬어야지. 나의 필사적인 노력에도 그들은 한 마디도 하지 않았어."

"그들은 네가 아주 재밌었대. 아무튼 난 만족해. 내 친구들이 널 좋아하고, 저녁식사는 훌륭했으니까."

나는 어이가 없어 말문이 막혔다.

그도 이해한 게 분명했다. 결국 이렇게 덧붙였으니까.

"주말에 태풍이 온대. 오늘은 금요일이고 부모님은 월요일에 돌아오셔. 네가 원한다면 덧창까지 모두 닫고 월요일까지는 두 번 다시 열지 않을게. 문에 바리케이드를 칠게. 더는 아무도 들락거리지 못하게."

그 계획이 날 매료시켰다. 린리가 도개교를 올리고 블라인드를 닫는 단추를 눌렀다. 외부세계는 존재하기를 멈추었다.

삼일 후, 현실이 권리를 되찾았다. 창문을 연 내 눈이 휘둥그레졌다.

"린리, 이리 와서 좀 봐."

정원은 초토화되어 있었다. 이웃집 나무가 기와가 날아가 버린 지붕 위에 쓰러져 있었다. 땅에도 균열이 나 있었다.

"마치 고질라가 지나가기라도 한 것 같네." 내가 농담조로 말했다.

"태풍이 예상보다 강력했던 모양이야. 아마 지진도 일어났을 테고."

내가 웃음을 참으며 청년을 바라보았다. 그가 순간적으로 희미하게 웃었다. 나는 전혀 호들갑스럽지 않은 그의 반

웅이 맘에 들었다.

"부모님 침실에 남은 우리 흔적을 치워야겠어." 그는 이렇게 말하는 것으로 만족했다.

"나도 도울게."

"가서 옷이나 입어. 그들이 15분 후에 도착할 거니까."

린리가 아우게이아스의 외양간(헤라클레스가 청소한 바로 그 외양간 : 역자 주)을 청소하는 동안, 나는 내 원피스 중에서 가장 가벼운 것을 골라 입었다. 날씨가 숨이 턱턱 막힐 정도로 더웠다.

린리가 놀랍도록 효율적으로 움직여 침실을 기록적인 시간 내에 원래 상태로 돌려놓고는 나와 나란히 서서 가족을 맞았다.

우리가 허리 굽혀 절을 하며 관례적인 인사말을 하는데 그의 조부모와 어머니가 손가락으로 나를 가리키며 자지러지게 웃어댔다. 나는 얼굴이 빨개진 채 나한테 뭐가 그렇게 특별한 게 있는지 궁금해 하며 머리끝에서 발끝까지 훑어보았다. 하지만 나는 아무것도 찾아내지 못했다.

노인들이 다가와 내 다리 피부를 가리키며 외쳤다.

"시로이 아시! 시로이 아시!"

"그래요, 제 다리는 희어요." 내가 웅얼거렸다.

어머니가 웃으며 비꼬는 투로 말했다.

"우리나라에서는 아가씨가 짧은 원피스를 입을 때는 반드시 스타킹을 신는답니다. 특히 다리의 피부가 그렇게 하얄 때는."

"이 더위에 스타킹을요?" 내가 외쳤다.

"그래요, 아무리 더워도." 그녀가 가시 돋친 어조로 대답했다.

정중한 그의 아버지가 정원을 바라보며 대화의 주제를 바꾸었다.

"난 피해가 더 클 거라고 예상했어. 해안지방에서는 태풍으로 수십 명이 목숨을 잃었다는군. 우린 나고야에서 아무것도 못 느꼈어. 너희들은 어땠니?"

"전혀 못 느꼈어요." 린리가 대답했다.

"너야 익숙하니까 그랬겠지. 아멜리, 당신은 무섭지 않았습니까?"

"아뇨."

"용감한 아가씨로구먼."

가족이 여장을 푸는 동안, 린리가 날 집까지 바래다주었다. 콘크리트 성에서 멀어짐에 따라 나는 실제 세계로 되돌아가는 듯한 느낌을 받았다. 일주일 동안 나는 도시 소음에서 동떨어진 채 코딱지만 한 젠(zen) 정원과 나카가미의 어두운 그림 외에는 아무것도 보지 않고 살았다. 나는 공주들도 좀처럼 받지 못하는 대접을 받았다. 그에 비하면 도쿄는 오히려 나에게 친근해보였다.

태풍과 지진이 휩쓸고 간 흔적은 남아 있지 않았다. 그것은 거기서는 흔한 일이었다.

바캉스가 끝났다. 나는 다시 일본어 수업을 받으러 다녔다.

9월은 모기에게 물어뜯기며 지냈다. 내 피가 그들 입맛에 맞는 게 분명했다. 그들은 모조리 나한테만 달려들었다. 린리는 그 현상을 재미있어하며 그 이집트의 재앙(모세가 히브리인을 해방시키기 위해 이집트에 내린 열 가지 재앙 중 하나, 즉 모기. : 역자 주)을 피하는 데에는 내가 최고의 방어책이라고 말했다. 내가 피뢰침 역할을 했던 것이다.

레몬수나 모기약을 아무리 발라도 소용이 없었다. 내 매력이 늘 승리를 거두었다. 무더위에 숨이 턱턱 막히는데 모기떼의 공격까지 참아내야 했던 미친 듯한 밤들이 기억난다. 장뇌가 든 알코올도 별 도움이 되지 못했다. 나는 피할 수 없는 것을 즐기는 것, 가려움을 받아들이는 것, 특히 긁지 않는 것이 유일한 전략이라는 사실을 금방 깨달았다.

　참을 수 없는 것을 참다 보니, 거기서도 만족감을 얻을 수 있었다. 받아들인 가려움은 결국 영혼을 고양시키고 영웅적인 행복감을 맛보게 해주었다.

　일본에서는 모기를 쫓기 위해 '카토리센코(모기향)'를 피운다. 나는 천천히 타들어가며 벌레들을 쫓는 그 작은 녹색 나선들이 어떤 성분들로 구성되어 있는지 결코 알 수 없었다. 참하게 생긴 그 향이 신기해 나도 피워보긴 했지만, 내가 뿜어내는 매력은 모기들이 그딴 것 앞에서 쉬이 물러서지 않을 정도로 강했다. 나는 고통의 순간이 지나가면 은총으로 변하는 체념을 통해 그 앵앵거리는 족속의 엄청난 애정공세를 무방비상태로 받아들였다. 피가 쾌감으로 날 간질였다. 괴로움의 저변에는 관능적인 쾌감이 있었다.

　이 경험 덕분에 나는 10년 전 인도에서 보았던 모기 사원들을 이해할 수 있었다. 사원의 내벽에는 신자들이 수천 마리의 모기떼에게 자신의 등을 제공하는 뚜껑 문들이 달려 있었다. 나는 바쿠스제를 훨씬 능가하는 혼잡 속에서 모기들이 어떻게 편안하게 포식을 할 수 있는지, 또한 어떻게 사람들이 자신을 먹잇감으로 바칠 정도로 그 날개 달린 신들을 사랑할 수 있는지 늘 궁금했다. 하지만 무엇보다 재미있는 것은 그 곤충들의 바쿠스제가 끝난 다음 퉁퉁 부어오른

등을 상상하는 것이었다.

물론 나는 결코 그러한 순교행위까지 하지는 않을 것이다. 하지만 나는 체념을 통해 그것을 열광적으로 받아들일 수 있다는 것을 깨달았다. '가려움, démangeaison'이라는 단어가 마침내 정당화되었다. 나는 먹을 것(à manger)이 아니라 근질거리게 할 것(à démanger)을 제공했다. 내 피 속에는 날아다니는 벌레들의 향연을 위해 근질거리게 해야 할 뭔가가 있었다. 나는 선택의 여지가 없어 자진해서 몸을 바친 진수성찬이었다.

내 금욕주의는 그로 인해 더욱 강화되었다. 긁지 않는 것은 영혼을 위한 훌륭한 학습원이다. 그렇다고 해서 위험하지 않은 것은 아니다. 어느 날 밤, 나는 모기들의 독에 취해 아무 이유 없이 새벽 두 시에 내 집 앞에 벌거벗고 서 있었다. 기적적으로 그 골목은 텅 비어 있었고, 아무도 날 보지 못했다. 의식을 되찾자마자 나는 혼비백산 집으로 달려 들어왔다. 일본 모기 수천 마리의 여주인이 되는 것은 예삿일이 아니었다.

10월이 되자 더위가 한풀 꺾였다. 도를 넘어서는 찬란함 속에서 가을이 시작되었다. 누가 어느 계절에 일본을 방문하는 것이 좋으냐고 물으면, 나는 늘 가을이라고 대답한다.

그 즈음에 풍경의 아름다움과 기후가 가장 완벽하니까.

일본의 단풍은 그 아름다움에 있어서 캐나다의 단풍을 능가한다. 내 손의 아름다움을 찬양하기 위해 린리는 전통적인 표현을 차용하곤 했다.

"네 손은 단풍잎의 완벽함을 지니고 있어."

"어느 계절의 단풍잎?"

녹색, 노란색 혹은 붉은색, 어느 색깔이 가장 예쁜지 궁금했던 내가 물었다.

그가 전혀 명문은 아니었지만 곳곳에 있는 정원이 볼만했던 자기 학교를 구경시켜주겠다고 했다. 나는 검은색의 긴 벨벳 원피스를 꺼내 입었다. 그만치 나는 필시 마주치게 될 매력적인 일본 여대생들과 어깨를 겨루고 싶었다.

"누가 보면 무도회라도 가는 줄 알겠네."

린리가 지적했다.

일본에는 열한 개 명문대 말고도 역만큼 흔하다고 해서 '역 대학'이라 불리는 수많은 대학들이 있다. 그들 중 하나, 린리가 몇 년 간 다니는 둥 마는 둥 바캉스를 즐기는 대학을 둘러볼 기회가 나에게 주어졌다.

그곳은 할 일 없는 젊은이들이 빈둥거리는 여름학교 같았다. 여대생들이 너무나 괴상망측한 차림을 과시하고 다녀서 나는 아예 눈에 띄지도 않았다. 그곳에서는 요양소의 부드러운 분위기가 풍겼다.

세 살부터 열여덟 살까지 일본인들은 미친 듯이 공부를 했다. 스물다섯 살부터 은퇴할 때까지는 신들린 것처럼 일만 했다. 그래서 그들은 열여덟 살부터 스물다섯 살까지가 즐기며 살 수 있는 유일한 시기라는 걸 잘 알고 있었다. 따라서 그 시기를 한껏 즐겼다. 그 시기에는 열한 개 명문대 입학에 성공한 학생들도 조금은 숨을 돌릴 수가 있었다. 정말 중요한 것은 선발시험뿐이었다. 그러니 역 대학에 다니는 학생들은 어떻겠는가!

린리가 낮은 담장에 나를 앉히고 곁에 앉았다.

"봐, 지상전철도 보이고 전망이 좋잖아. 난 늘 이리로 와서 저걸 바라보며 꿈을 꿔."

내가 예의상 탄성을 터뜨린 후에 말했다.

"수업도 가끔 있어?"

"당연하지."

"무슨 수업?"

"음. 말하기 어려워."

그가 멍한 표정의 학생들이 듬성듬성 앉아 있는 환한 강의실로 날 데려갔다.

"문명 수업."

그가 마침내 대답했다.

"어떤 문명?"

그가 한참동안 곰곰이 생각해본 후에 대답했다.

"미국 문명."

"나는 네가 프랑스어를 공부하는 줄 알았어."

"그래. 미국 문명도 아주 흥미로워."

나는 대화가 겉돌고 있다는 것을 깨달았다.

중년의 교수가 들어와 연단에 섰다. 그의 강의를 떠올려보려고 아무리 애를 써도, 그가 이런저런 것에 대해 얘기했다는 것밖에 기억이 나질 않는다. 학생들은 군말 없이 그의 강의에 귀를 기울였다. 내가 그 자리에 있는 게 불편했는지 강의가 끝나자 그가 다가와 말했다.

"난 영어를 잘 못해요."

"전 벨기에에서 왔어요." 내가 대답했다.

그래도 그는 마음이 놓이지 않는 것처럼 보였다. 아마 그는 벨기에를 메릴랜드처럼 아무도 언급하지 않는 미국 주들 중 하나로 여겼을 것이다. 내가 강의를 심사하기 위해 나온 걸로 알았는지 그가 날 잔뜩 경계했다.

"흥미로웠어?" 주제가 무엇인지 알 수 없는 강의가 끝난 후 린리가 나에게 물었다.

"응. 강의가 또 있어?"

"아니." 어떻게 공부를 더 할 수 있느냐는 듯 그가 질겁한 표정으로 대답했다.

나는 그에게 학교에는 알고 지내는 친구가 없느냐고 물어보았다.

"알고 지낼만한 애들이 있어야지." 그가 대답했다.

그는 그러고도 아름다운 캠퍼스 이곳저곳으로 날 데리고 다니며 지상전철이 훤히 보이는 모든 장소를 보여주었다.

그의 학교생활에 대해 대충 감을 잡을 수 있게 되자, 그가 도대체 무엇을 하며 시간을 보내는지 이전보다 더 궁금해졌다. 석연치 않았던 그의 행적이 이젠 수상쩍어보였다.

저녁 때 내가 낮에 무엇을 했느냐고 묻자 그는 아주 바빴다고 대답했다. 무엇 때문에 바빴는지는 알 수가 없었다. 놀라운 것은 그 자신도 그것을 모르고 있는 것처럼 보였다는 점이다.

편집중에 시달리지 않게 됐을 때, 나는 대학시절이 일본인들이 빈둥거리며 시간을 보내는 사치를 자신에게 허락하는 유일한 시기라는 것을 깨달았다. 입시생으로서 여가까지 포함해 빡빡한 일정에 따라 뺑뺑이를 돌았고, 장차 직장

인으로서 초인적인 일과에 시달리게 될 그들은 대학시절이
라는 오아시스를 막연한 것, 불확실한 것, 나아가 사치스럽
기 짝이 없는 '전혀 아무것도 아닌 것' 에 바쳤다.

린리와 내가 즐겨 보는 영화가 한 편 있었다. 쥬조 이타미 감독이 만든 〈탐포포〉는 가장 맛있는 라면 조리법을 찾아 빈민촌을 돌아다니는 한 젊은 과부의 모험을 이야기한다. 그것은 내가 본 영화 중에 가장 웃기고, 가장 희화적이며, 가장 감미로운 영화다.

우리는 시간만 나면 함께 그 영화를 봤고, 몇몇 장면을 재현해보려고 시도하기까지 했다.

도쿄에서 해본 영화 관람은 날 크게 당황시켰다. 얼핏 보기에 그것은 유럽이나 미국에서 했던 경험과 크게 다르지 않았다. 관객들이 넓고 안락한 상영관에 자리를 잡았고, 상영이 시작되었다. 예고편, 광고, 많은 사람들이 화장실을 들락거렸는데, 자리를 맡아놓기 위해 좌석에 지갑을 보란 듯이 놓고 갔다. 돌아왔을 때 단 일 엔도 없어지지 않을 거라고 확신하면서.

영화 선택에 내숭은 전혀 없었다. 가장 적나라한 것들이 아무렇지도 않게 화면에 그대로 노출됐다. 일본인은 정숙한 척하는 민족이 아니었다. 하지만 여자가 벌거벗고 등장할 때는 치모에 모자이크 처리를 했다. 성기는 아무 문제가 안 되는 반면, 털은 사람들을 불편하게 만들었다.

관객의 반응에도 놀랄만한 게 있었다. 한 영화관에서 〈벤허〉를 상영했다. 고대 사극 영화에 대한 내 열정에다 그것을 도쿄에서 다시 보면 어떨까 하는 호기심까지 추가되었다. 나는 린리를 데리고 그 영화를 보러 갔다. 일본어로 자막 처리된 벤허와 메살라의 대화는 날 황홀경에 빠뜨렸다. 가만히 생각해보면, 일본어로 된 그 대화가 영어로 된 것보다 더 부조리하지는 않았다. 아기 예수가 탄생하자 하늘에 신의 빛이 나타나 동방박사들을 이끄는 장면이 나왔다. 난등 뒤에서 한 가족이 "U.F.O.다! U.F.O.!"라고 외치는 것을 들었다. 그들은 유대 로마 세계에 미확인비행물체가 나타나는 걸 그리 혼란스러워하지 않는 듯했다.

린리가 오래된 전쟁영화 〈도라 도라 도라〉를 보여주었다. 그것은 작은 변두리 영화관에서 상영되었고, 관객들도 범상치 않아 보였다. 그래도 일본군이 진주만을 폭격하는 유명한 장면이 나오자 관객 대다수가 박수를 쳤다. 나는 린리에게 왜 나한테 그 영화를 보여주고 싶었느냐고 물었다.

"내가 알기로 가장 시적인 픽션 영화 중 하나니까." 그가 더없이 진지하게 대답했다.

나는 더 이상 따져 묻지 않았다. 그는 끝없이 나를 당황시켰다.

11월에 영국인 감독 스티븐 프리어즈가 만든 〈위험한 관계〉가 도쿄에서 개봉되었다. 내가 가장 좋아하는 소설 중 하나를 내가 가장 높이 평가하는 감독 중 하나가 영화로 만든 것이라 나는 시사회를 손꼽아 기다렸다. 린리는 그 소설을 읽지 않았기 때문에 내용을 전혀 몰랐다. 시사회 날 저녁, 영화관은 만원이었다. 폭력적인 영화를 보면서도 킬킬거리던—나는 자주 목격했다—도쿄 관객들이 메르퇴이 후작부인 앞에서는 공포로 얼어붙었다. 나는 처음부터 끝까지 영화에 푹 빠져 터져 나오는 탄성을 억누르기가 힘들었다. 너무나 훌륭한 작품이었다.

감동을 되새기며 영화관을 나서려는데, 린리가 눈물을 흘리고 있었다. 내가 눈길로 물어보았다.

"그 불쌍한 여자…… 그 불쌍한 여자……." 그가 닭똥 같은 눈물을 흘리며 반복해 말했다.

"어떤 여자?"

"착한 여자."

나는 그의 눈물을 이해했다. 린리는 영화를 보는 내내 자신을 투르벨 부인과 동일시했던 것이다. 나는 감히 그에게 이유를 물을 수가 없었다. 나는 그의 대답이 너무나 두려웠다. 나는 그 정신 나간 감정이입에서 그를 끄집어내려고 애썼다.

"정신 차려. 그 영화는 네 얘길 하는 게 아니니까. 영화가 끔찍할 정도로 아름다웠다고 생각하지 않아? 이미지의 수준과 주연을 맡은 남자배우의 연기는 그야말로……."

언 발에 오줌 누기였다. 린리는 한 시간 내내 울먹이며 발작적으로 반복해 말했다.

"그 불쌍한 여자……."

나는 전에 그의 그런 모습을 본 적도 없었고 두 번 다시 보지도 못했다. '적어도 그는 무심하진 않았어.' 나는 속으로 이렇게 생각했다.

12월 중순의 어느 주말, 나는 혼자 산행에 나섰다. 린리는 내가 펄펄 날아다니는 분야로 따라나서는 것은 바보짓임을 깨달았다. 그 없이 혼자 어디론가 떠나보는 게 아주 오랜만이었기 때문에 많이 설레었다. 그리고 무엇보다 어서 눈 덮인 일본의 산에 올라보고 싶어 안달이 났다.

나는 도쿄에서 기차로 한 시간 반 거리에 있는 마을에서 내렸다. 크게 유명하진 않은 구모토리 산 아래에 위치한 마을이었다. 눈을 밟으며 혼자 첫 등산을 하기 위해서는 2000미터가 채 안 되는 그 산이 나에겐 적당해보였다. 지도상으로 볼 때 등산은 아주 수월할 것처럼 보였고, 내 친구가 되어버린 후지산이 훤히 내다보일 것 같았다.

나의 또 다른 선택 기준은 산의 이름이었다. 구모토리 산은 ‘구름과 새의 산’ 이라는 뜻이다. 지명에 이미 내가 탐험해보고자 꿈꾸었던 곳의 판화가 들어 있었다. 혼잡한 도쿄 생활이 높은 산을 이상적인 무대로 하는 은둔의 환상을 불어넣었던 만큼 더더욱.

일본이 얼마나 산이 많은 나라인지는 굳이 말하지 않아도 다들 알 것이다. 그 이유로 해서 국토의 2/3에 사람이 거주하지 않는다. 유럽에서 산은 사람들이 자주 들락거리는 곳이다. 수많은 스키장은 칵테일파티의 대기실처럼 속물들이 득실거린다. 일본에는 스키장이 아주 드물다. 죽음과 마녀의 왕국인 산에 뿌리를 내리고 사는 사람은 거의 없다. 그래서 그 제국은 각종 증언으로도 충분히 밝혀지지 않은 야만적인 곳으로 남아 있다.

나 역시 동행 없이 혼자 돌아다니며 극복해야 할 두려움을 갖고 있었다. 내가 어릴 적에, 사랑하는 일본인 유모가 ‘오니바바(마녀들)’ 중에서도 가장 악독한 마녀, 산을 휘젓고 다니며 홀로 산을 넘는 사람을 붙잡아 국을 끓여먹는 ― 굳이 이름을 붙이자면 ‘루소의 포타주’ 라고도 할 수 있는 그 ‘고독한 산책자’ 국이 내 상상세계를 얼마나 사로잡았던지 나는 그 국의 맛을 안다고 확신한다―야맘바 이야기를 자주 해주었다.

지도를 통해 정상에서 그리 멀지 않은 곳에 대피소가 있다는 것을 확인한 나는 그곳에서 밤을 보내기로 작정했다. 야맘바에게 붙들려 솥에 들어가 있지 않는다면 말이다.

나는 마을을 벗어나 허공을 향해 나아갔다. 오솔길이 눈에 덮인 채 정겹게 뻗어 있었는데, 나는 곧 그 눈을 아무도 밟지 않았다는 것을 확인하고 전제군주의 어리석은 기쁨을 맛보았다. 그 주말 아침, 나보다 앞서 그 산에 오른 사람이 아무도 없었던 것이다. 천 미터 고지까지는 기분 좋은 산책이나 다름없었다.

침엽수와 활엽낙엽수 숲이 내가 귀 기울이지 않은 경고들로 가득한 하늘을 드러내며 갑자기 끝났다. 내 앞에 세상에서 가장 아름다운 풍경 중 하나가 펼쳐졌다. 나팔 모양으로 벌어진 치마 형태의 긴 경사면에 눈 덮인 대나무 숲이 고즈넉하게 서 있었다. 내가 황홀경에 빠져 내지른 탄성을 깊은 적막이 그대로 되돌려 보내주었다.

일본인들이 나무로도 풀로도 분류하지 않는 대나무, 유연한 줄기와 풍성하고 우아한 잎을 가진 그 잡종식물에 대해 나는 늘 뜨거운 애정을 느꼈다. 하지만 내 기억에 대나무가 눈 덮인 그 숲처럼 묘한 광채를 발한 적은 결코 없었다. 가느다란 대나무의 각 실루엣은 나이가 차기도 전에 어떤 성스러운 임무를 맡은 아주 어린 계집아이들처럼 흰 눈으로 뒤덮인 무성한 잎을 힘겹게 이고 있었다.

나는 마치 다른 세상에 발을 들여놓듯 그 숲을 가로질렀다. 정신적 고양이 시간의 지속을 대체해버린 탓에 나는 그 경사를 오르는 데 시간이 얼마나 걸렸는지 알 수 없었다.

대나무 숲 끝자락에 도착했을 때, 나는 300m 위쪽에서 구모토리 산 정상을 보았다. 그것은 아주 가까워보였다. 눈을 잔뜩 머금은 구름이 정상 왼쪽 면에서 뒹굴고 있었다. 이제 새만 있으면 그 산의 이름을 정당화시킬 수 있었다. 그렇다면 내가 위험을 걱정하지 않는 그 새가 되리라. 나는 날갯짓을 해대며, 종달새도 1900미터 고도에서 날 수 있다고, 앞으로는 절대 나 자신을 과소평가하지 않을 거라고 생각하며 정상을 향해 달려갔다.

내가 정상에 오르자마자 내게서 새의 본성을 알아본 구름이 그 산의 어원적 운명을 완수하려는 듯 나를 향해 몰려들었다. 그 밀운(密雲) 속에는 폭풍우가 몰아치고 있었고, 눈송이의 소용돌이 외에는 아무것도 보이지 않았다. 넋이 빠진 나는 바닥에 주저앉아 그 광경을 지켜보았다. 나는 빠른 속도로 달려 올라왔기 때문에 더워 죽을 지경이었다. 하늘이 내린 그 차가운 양식을 맨머리로 맞으니 더없이 상쾌했다.

나는 눈이 그렇게 쏟아지는 걸 한 번도 본 적이 없었다. 함박눈이 얼마나 줄기차게 휘몰아치는지 눈을 뜨고 있기조차 힘들었다. '눈의 비밀을 알고 싶다면 바로 지금 눈을 크게 뜨고 지켜봐야 해. 너는 눈이 생산되어 뿌려지는 곳의 중심에 와 있어.' 산업 첩보 수집은 불가능한 것으로 드러났다. 뻔히 지켜보는 가운데 일어나는 일보다 더 신비로운 것은 없는 법이니까.

나한테 반했는지 산 정상에 반했는지는 모르겠지만, 구름은 요지부동 물러가지 않았다. 문득 나는 내 머리카락이 턱을 장식하는 차가운 수염만큼이나 하얗게 변했다는 것을 알아차렸다. 아마 나는 늙은 은둔자처럼 보였을 것이다.

'대피소로 피신해야겠어.' 나는 이렇게 생각했다. 그리고 곧 그때까지 대피소를 전혀 보지 못했다는 사실을 깨달았다. 하지만 지도에는 정상 조금 아래쪽에 있는 것으로 표시되어 있었다. 지난해에 제작된 지도였다. 야맘바가 그 사이 그 오두막을 없애버린 것일까? 나는 곧 대피소를 찾아 나섰다. 눈폭풍이 더욱 거세지더니 천지를 뒤덮어버렸다. 나는 눈에서 벗어날 수가 없었다. 나는 목표물을 지나치는 일이 없도록 정상 주변을 나선으로 걸어 내려왔다. 앞으로 뻗은 내 손끝조차 잘 보이지가 않았다. 눈뜬장님의 모험은 끝없이 계속되었다.

내 손가락이 딱딱한 뭔가에 부딪혔다. 대피소였다. '이제 살았다!' 내가 외쳤다. 오두막을 더듬어 문을 찾아낸 나는 서둘러 안으로 들어갔다.

내부에는 아무것도, 아무도 없었다. 바닥, 벽, 천장은 모두 통나무로 되어 있었다. 그런데 바닥에 깔린 낡은 이불 밑에 '코타츠'가 감춰져 있었다. 그 호사를 발견한 내 눈이 휘둥그레졌다. 그 난로가 델 듯이 뜨겁다는 것을 안 나는 기쁨과 경악의 함성을 내질렀다. 오, 어떻게 이런 횡재가!

코타츠는 난방기구라기보다는 생활양식에 가깝다. 전통가옥에는 사각형의 구멍이 거실 한쪽 공간을 차지하고 있다. 그 구멍 중앙에 금속난로가 놓여 있다. 사람들은 바닥에 앉을 때 열기로 가득한 그 구멍 속에 다리를 늘어뜨리고 큰 이불로 덮어 그 뜨거운 공기의 저장고를 보호한다.

나는 코타츠를 저주하는 일본사람을 만난 적이 있다. '사람들이 그 따뜻한 외투 속에 갇혀 겨울을 나. 그 구멍에 둘러앉아 두런두런 다른 이들과 나누는 한담의 포로가 되어버리는 거지. 아니면 노인네들의 부질없는 이야기에 어쩔 수 없이 귀를 기울이거나.'

나에겐 나만의 코타츠가 생겼다. 나만의 코타츠? 누가 이

난로에 불을 피워놓았을까?

'관리인이 없는 틈을 타 옷을 벗어 말려야겠어.' 나는 땀과 눈에 흠뻑 젖은 옷을 벗어 잘 마르도록 주변에 대충 걸어놓았다. 배낭에 챙겨온 파자마를 꺼내 입으며 나 자신을 비웃었다. '파자마라니, 차라리 이브닝드레스를 가져오지 그랬어? 바보, 당연히 갈아입을 옷부터 챙겨 왔어야지.' 나는 코타츠에 편히 앉아 눈보라의 울부짖음에 귀를 기울이며 비상식량을 먹었다. 그 상황이 어찌나 신나던지.

나는 그곳의 주인, 혹은 여주인이 오기를 초조하게 기다렸다. 모르긴 해도 그 혹은 그녀는 난로에 연료를 채우기 위해 매일 그곳에 들를 것이다. 나는 틀림없이 예사롭지 않을 그 사람과 나눌 대화를 상상했다.

그런데 갑자기 난감한 상황이 발생했다. 오줌이 마려웠던 것이다. 좀더 일찍, 옷을 갈아입기 전에 그 생각을 했어야 했다. 가장 편한 건 밖으로 나가 아무 데서나 볼일을 보는 것이었다. 그런데 파자마 바람으로 눈을 맞는 건 단 하나 남은 마른 옷을 잃는다는 것을 뜻했다. 그렇다고 젖은 옷을 다시 껴입을 수는 없는 노릇이었다. 달리 뾰족한 수가 없었던 나는 파자마를 벗고 심호흡을 한 다음 허공에 몸을 던지듯 밖으로 뛰쳐나갔다. 나는 맨몸으로 눈 속에 웅크리고 앉아 볼일을 보며 공포와 짜릿함을 동시에 맛보았다. 밤은 칠흑같이 어두웠다. 소용돌이치는 하얀 눈은 보이지는 않고 다른 감각들을 통해 느껴졌다. 그것은 하얀 감촉과 맛을 지니고 있었다. 그것은 하얀 느낌이 들었고, 하얀 소리가 났다. 고통에 취해 대피소로 들어온 나는 민망한 자세를 취하고 있을 때 관리인이 오지 않은 걸 다행으로 여기며 코타츠 속으로 뛰어들었다. 그리고 난로의 열기에 피부가 바짝 말랐을 때 파자마를 다시 입었다.

나는 이불을 덮고 누워 잠을 청했다. 그런데 벌거벗고 나갔다 온 후로는 몸이 좀처럼 데워지질 않았다. 이불로 둘둘 말고 난로에 가능한 한 가까이 다가가도 온몸이 덜덜 떨렸다. 눈폭풍의 한기가 너무 깊은 곳까지 파고들어 얼음처럼 차가운 그 이빨을 몸에서 좀처럼 뽑아낼 수가 없었다.

결국 나는 미친 짓을 저지르고 말았다. 선택의 여지가 없었으니까. 나는 2, 3도 화상과 죽음 중에서 화상을 선택했다. 파자마와 이불자락을 유일한 보호막으로 삼아 뜨거운 난로를 덥석 껴안았다. 내가 문제의 심각함을 깨달은 것은 바로 그때였다. 아주 단순하게, 나는 아무것도 느끼지 못했다. 내 피부는 난로의 뜨거운 열기를 전혀 감지하지 못했다.

하지만 손가락 끝으로 연소가 계속 이뤄지고 있다는 것을 확인할 수 있었다. 아직 신경 말단이 작동되는 것은 내 손가락 제3 지골들뿐이었다. 나는 손가락 끝과 효과 없는 비상 신호를 발하는 두뇌만 살아 있는 시체였다.

차라리 덜덜 떨리기라도 했다면! 내 몸은 이미 죽었다는 듯 체온을 높여주는 그 반사적 운동마저 거부하고 있었다. 마치 꽁꽁 언 납 같았다. 다행스럽게도 그것은 고통스러워하고 있었다. 나는 내가 산 자들의 세상에 속한다는 것을 보여주는 마지막 증거인 그 고통을 축복하기에 이르렀다. 감각들을 뒤바꾸어놓은 그 고통은 수상쩍은 것이었다. 다시 말해, 난로는 한기로 나를 태우고 있었다. 그래도 곧 아무것도 느끼지 못하게 될 끔찍한 순간보다는 그것이 나았다.

이렇게 꽁꽁 얼어 죽게 될 줄은 꿈에도 모르고 야맘바의 솥을 두려워했다니! 어릴 적 내 유모는 그 마녀의 잔인성을 과소평가했다. 그 마녀는 고독한 산책자들을 국이 아니라 냉동식품으로―아마 나중에 끓여먹기 위해―만들었다. 생각이 거기까지 이르자 나로 모르게 피식 웃음이 나왔다. 그 신경반응이 다른 반응들을 되살려놓았다. 드디어 몸을 데우는 반사적 운동, 오한이 찾아왔다. 내 몸이 기계처럼 덜덜 떨리기 시작했다.

그로 인해 고통이 덜어진 것은 아니었다. 내가 살아남으리라는 것을 알게 되자 밤이 한없이 길게 느껴졌다. 실제로 그 밤은 족히 십 년은 지속되었고, 나는 한 세기를 늙어버렸다. 나는 열기가 전혀 느껴지지 않는 난로를 얼싸안고 귀를 기울이며 그 끝없는 시간을 보냈다. 우선 오랫동안 산을 집중공략한 후에 불안스러운 두께의 고요를 남겨놓고 떠난 눈폭풍에 귀를 기울였다.

그리고 나서는 세상에서 가장 동물적인 희망을 품고—머지않아 오리라!—아침이라는 이름으로 알려진 기적이 도래하는 소리에 귀를 기울였다.

나는 속으로 이렇게 맹세했다. '아무리 초라할지라도 침대에서 잠을 자는 기회가 너에게 주어질 때마다 그것을 축복하며 기쁨의 눈물을 흘려라!' 나는 오늘날까지 그 엄숙한 맹세를 어겨본 적이 없다.

노심초사 동이 트기를 기다리고 있는데, 대피소 안에서 발자국 소리가 들려오는 것 같았다. 나는 차마 코타츠에서 코를 내밀 용기가 나지 않았다. 그 소리가 한기에 의해 홱 돌아버린 내 상상력에서 온 것인지, 아니면 실제로 거기 있는 어떤 존재가 내는 것인지 결코 확인할 수 없었다. 나는 겁에 질려 더 격렬하게 몸을 떨어댔다.

그것이 짐승일 가능성은 거의 없었다. 그 발자국 소리는 분명 인간의 것이었다. 누군가가 들어왔다면, 그는 분명 사방에 흩어져 있는 내 옷가지를 봤을 테고, 내가 코타츠 속에 있다는 걸 알아차렸을 것이다. 나는 잠들지 않았다는 것을 알리기 위해 뭐라고 말을 할 수도 있었을 것이다. 그런데 겁에 질려 머리가 굳어버렸는지 도무지 적당한 말이 떠오르질 않았다.

그 소리는 아예 존재한 적이 없었던 것처럼 사라져버렸다. 문득 숨을 죽인 나는 고요가 깊어지는 소리, 새벽을 알리는 우주의 성스러운 숨소리를 들었다.

나는 조금의 망설임도 없이 코타츠에서 튀어나갔다. 아무도, 아무 흔적도 없었다. 반갑지 않은 소식이 날 기다리고 있었다. 걸어둔 내 옷들이 뻣뻣하게 얼어 있었다. 그것이 대피소 내부를 지배하는 혹독한 추위를 역설적으로 보여주었다. 나는 마치 얼음을 뚫어 통로를 내는 것처럼 바지에 다리를 꿰어 넣었다. 가장 힘든 순간은 성에 낀 티셔츠가 등에 닿았을 때였다. 다행스럽게도 나에겐 그 감각들을 분석하고 있을 짬이 없었다. 서둘러 출발하는 것은 목숨이 걸린 문제였다. 나를 점점 더 깊이 집어삼키고 있는 한기를 떨쳐내야 했다.

문을 열었을 때 받았던 충격을 나는 결코 형용할 수 없을 것이다. 마치 자신의 무덤을 열고 나와 신비의 세계를 발견한 느낌이었다. 나는 돌처럼 굳은 채 그 미지의 세계 앞에 잠시 서 있었다. 전날 밤 내게 그것을 감췄던 눈폭풍이 밤사이 수 미터나 쌓인 새 눈으로 그것을 삼켜버렸다. 내 귀가 정확했다. 새벽이 서서히 밝아오고 있었다. 얼음처럼 차가운 고요뿐, 더 이상 바람 한 점, 우짖는 새 한 마리 없었다. 눈 위에는 발자국이 전혀 없었다. 야밤의 방문객은—만약 존재했다면—고독한 산책자를 끌어들이기 위해 놓은 덫에 뭐가 걸려들었는지 확인하러, 걸려 있는 옷가지를 보고 사냥감의 성격을 파악하러 온 야맘바일 수밖에 없었다. 나는 그녀에게 큰 은혜를 입었다. 그녀의 코타츠가 없었다면 살아남지 못했을 테니까. 하지만 더 오래 살아남길 원한다면 서둘러야만 했다. 그때가 새벽 5시 10분이었다.

나는 하얀 풍경 속으로 돌진했다. 오, 달린다는 것은 얼마나 멋진 일인가! 공간은 모든 것으로부터 해방시켜준다. 자신을 세상에 흩뿌릴 때 남아 저항하는 고통은 존재하지 않는다. 세상이 아무 이유 없이 그토록 넓을까? 달아난다는 것은 자신을 구한다는 뜻이 아닌가! 죽을 것 같으면 떠나라. 고통스러우면 움직여라. 움직임 외에 다른 법칙은 존재하지 않는다.

밤은 날 야맘바의 집에 가뒀지만, 새벽빛은 훤한 세상을 되돌려줌으로써 날 해방시켰다. 나는 기뻐 어쩔 줄 몰랐다. 아니, 야맘바, 난 국거리로 적당치 않아, 난 생생하게 살아 있고 지금 그걸 증명하고 있어, 난 달아나고 있어, 내가 얼마나 먹기 사나운지 넌 결코 알 수 없을 거야. 내 불면의 밤은 주변의 눈처럼 하얀 색이었지만, 난 살아남은 자들의 놀라운 에너지를 갖고 있다. 나는 당장 죽어도 여한이 없을 정도로 아름다운 산 속을 달린다. 능선에 도달할 때마다, 나는 두려울 정도로 하얀 세상을 발견한다.

그랬다, 두려웠다. 달린 지 꽤 됐으니 전날 봤던 풍경들이 진작 나타났어야 마땅했다. 그런데 웬걸, 전혀 그렇지가 않았다. 눈폭풍이 세상을 그렇게까지 변모시켜버린 것일까? 나는 지도를 들어 후지산을 기준점으로 정했다. 멀긴 해도 그것이 보이면 내가 옳은 방향으로 가고 있는 셈이 될 터였다. 나는 마침내 일본에서 후지산이 보이지 않는 곳을 찾아냈다. 내가 있는 곳이 바로 그곳이었다. 나는 방향을 바꿔보기로 했다.

나는 길을 잃고 만다. 방황이 날 취하게 한다. 그런 만큼 나는 더 빨리 달린다. 야맘바, 나는 너를 멋지게 따돌렸어, 인간이 지금 내가 와 있는 곳에 발을 디딘 적은 결코 없었어. 나는 두려움을 떨쳐버리기 위해 용감한 척한다. 지난 밤 난 극적으로 죽음을 면했다. 그런데 지금 죽음이 날 따라잡고 있다. 마치 내가 스물두 살에 일본의 산 속에서 사망하리라고 운명의 책에 씌어 있는 것처럼. 사람들은 내 시신을 찾아낼까?

난 죽고 싶지 않다. 그래서 달린다. 그렇게 죽어라고 달리는 게 어떻게 가능할까? 오전 열 시. 하늘은 구름 한 점 없이 절대적으로 푸르다. 죽지 않기 위해 좋은 날이다. 자라투스트라는 살아남을 것이다. 내 다리는 너무 길어 산 정상들을 하나씩 잡아먹을 것이다. 그것의 식욕이 얼마나 왕성한지 당신들은 상상도 못할 것이다.

나는 달린다. 하지만 아무것도 찾아내지 못한다. 능선에 도달할 때마다 후지산에게 제발 모습을 드러내달라고 나는 기도한다. 절친한 친구를 부르듯 그를 부른다. 기억해봐, 내 늙은 형제여, 난 네 분화구 가장자리에서 잠을 잤어, 떠오르는 태양에게 인사하기 위해 소리를 지르기도 했지, 난 네 식구야, 제발 부탁이야, 그걸 인정해줘, 날 알아봐줘, 난 네 가족이야, 저 능선 꼭대기에서 날 기다려줘, 난 오직 너만을 믿기 위해 세상 모든 신을 부정할 거야, 거기 있어줘, 난 길을 잃었어, 네가 모습을 드러내면 난 살아남을 수 있어, 그런데 내가 도착할 때마다 넌 거기 없어.

내 에너지가 점점 절망의 에너지로 변해간다. 그래도 나는 또 달린다. 정오가 다가오고 있다. 일곱 시간째 상황을 계속 악화시키며 길을 잃고 헤맨 셈이다. 나라는 기계가 헛돌고 있다. 또 다시 밤이 찾아올 것이고, 난 그 검은 눈 속에 익사하고 말 것이다. 이것은 내가 이 땅에서 벌인 마지막 경주가 될 것이다. 난 그것을 믿고 싶지 않다. 자라투스트라는 죽을 수 없다. 그런 경우는 한 번도 없었으니까.

새로운 경사면. 나는 더 이상 기대하지 않는다. 그래도 올라간다. 잃을 게 없으니까, 이미 모든 걸 잃었으니까. 더는 허기를 느낄 힘조차 없는 내가 경사면을 기어오른다. 걸음이 천근만근이다. 또 다시 능선, 이번에도 필시 처참한 실망감을 맛보리라. 나는 마지막 몇 미터를 달려 올라간다.

후지산이 거기, 내 앞에 있다. 나는 털썩 무릎을 꿇고 주저앉는다. 그 산이 얼마나 큰지 아는 사람은 아무도 없다. 나는 후지산 전체를 한눈에 볼 수 있는 장소를 찾아냈다. 나는 울부짖으며 눈물을 쏟는다. 나에게 삶을 알리는 넌 얼마나 웅대한지! 또 얼마나 아름다운지!

구원이 내 내장을 벼락처럼 강타한다. 나는 바지를 벗고 속을 비운다. 후지산아, 여기 네가 구해준 게 무심한 년이 아니라는 걸 증명하는 영원한 증거를 남길게. 나는 행복감에 젖어 웃음을 터뜨린다.

열두 시 정각. 나는 능선을 바라본다. 이제 그것을 죽 따라가기만 하면 된다. 눈대중으로 계곡까지 대략 여섯 시간. 죽지 않으리라는 것을 알 때 그건 아무것도 아니다.

나는 능선을 따라 달린다. 태양과 푸른 하늘 아래 장장 여섯 시간 동안 나는 나 하나만을 위한 후지산과 함께 하리라. 그 여섯 시간은 내 황홀감을 담기에 충분치 않을 것이다. 정신적 고양이 에너지를 생산해내는 연료 역할을 한다. 그보다 더 나은 연료는 없다. 자라투스트라는 그토록 빨리, 그토록 도취된 채 달려본 적이 없다. 나는 반말로 후지와 대화를 나눈다. 능선에서 춤을 춘다. 그것은 황홀하다. 나는 그것이 결코 끝나지 않기를 바란다.

그 여섯 시간은 내 생애 가장 아름다운 시간이었다. 나는 내 기쁨을 즈려 밟으며 걷는다. 나는 이제 개선의 음악이 왜 행진곡이라 불리는지 그 이유를 안다. 후지산은 하늘을 가득 채우고, 모두에게 각자의 몫을 나눠준다. 하지만 나는 그것을 혼자 모조리 가진다. 잘못은 늘 그 자리에 없는 사람의 몫이니까. 후지산이 얼마나 웅장하고 멋있는지―그렇다고 좋은 길동무가 되지 말라는 법은 없다―나만큼 잘 아는 사람은 없다. 그는 이제 나의 절친한 친구다. 자라투스트라는 아주 대단한 사람인양 행동한다.

계곡에 도착하자 날이 저물기 시작한다. 너무 빨리 와버린 것 같아 아쉽다. 나는 내 최고의 친구에게 허리 숙여 인사하고 그가 더는 보이지 않는 계곡 쪽으로 내려가기 시작한다. 그가 벌써 그립다. 나는 저물어가는 빛의 속도로 달려 내려간다. 전날 봤던 풍경이 전혀 나타나지 않았다. 내가 헤매도 한참을 헤맨 모양이었다. 나는 어둠과 동시에 마을에 도착한다.

나는 기차를 타고 도쿄로 돌아간다. 넋이 빠진 눈길로 주변의 사람들을 둘러본다. 그들은 내 몰골에 전혀 충격을 받지 않는 눈치다. 내가 겪은 모험이 얼굴에는 나타나지 않는 모양이라고 나는 결론 내린다. 역에서 내린 나는 지하철로 갈아탄다. 일요일 밤 열 시 무렵이다. 세상은 믿을 수 없을 정도로 평범하다. 나는 놀라지 않을 수 없다.

나는 내 역에서 내린다. 집에는 보일러, 침대, 그리고 욕조가 있다. 사르다나팔(전설상의 앗시리아 최후의 왕. 흐사와 방탕을 즐겼다고 한다. : 역자 주)은 내 사촌이 아니다. 전화벨기 쉬지 않고 울어댄다. 수화기 저쪽에서 산 자가 나에게 뭐라고 말을 한다.

"누구세요?" 내가 묻는다.

"이런, 아멜리, 나야, 린리. 그 사이에 내 목소리도 까먹었어?"

나는 그의 존재도 까맣게 잊고 있었다고 차마 대답하지 못한다.

"아무리 전화를 해도 안 받아서 걱정했어."

"다음에 얘기해줄게. 나 지금 너무 피곤해."

욕조에 물이 채워지는 동안, 나는 거울에 비친 내 모습을 바라본다. 발끝에서 머리끝까지 짙은 회색이다. 난로에 덴 자국은 전혀 없다. 인간의 몸은 끝내주는 발명품이다. 나는 뜨거운 물 속으로 들어간다. 갑자기 내 몸뚱아리가 품고 있던 한기를 뱉어낸다. 나는 행복과 절망으로 눈물을 쏟는다. 사지에서 살아나온 이들은 사람들이 그들을 결코 이해하지 못하리라는 것을 안다. 내 경우는 더욱 심각하다. 너무나 아름다운, 너무나 위대한 어떤 것으로부터 구조되었으니까. 나는 다른 사람들도 그 숭고한 것을 알았으면 싶다. 나는 그들에게 그것을 설명할 수 없으리라는 것을 이미 알고 있다.

나는 잠자리에 든다. 비명을 내지른다. 그 침대는 함정이다. 지나친 안락감이 나에게 충격을 준다. 나는 난로를 껴안고 있던 불쌍한 여자를 떠올린다. 그 여자는 역사적으로나 지리적으로나 돌을 던지면 닿을 거리에 있다. 앞으로 내 안에 거주하는 수많은 나 가운데 그 불쌍한 산 여자가 있을 것이다. 그리고 능선에서 후지산과 함께 춤을 춘 자라투스트라도. 나는 앞으로 여태 나였던 것 외에 그 모든 것들일 것이다.

나의 다양한 정체성들은 오래 전부터, 아니 결코 잠을 이루지 못했었다.

그것들을 내 안에서 하나로 융합시키는 잠이 나를 집어삼킨다.

그런 종류의 모험을 겪고 난 후에 가장 끔찍한 것은 그래도 삶이 계속된다는 점이다. 이튿날 수업시간에 난 동료 학생들에게 그 얘길 해주었다. 하지만 그들은 듣는 둥 마는 둥 했다. 다가오는 연말 휴가 생각에 여념이 없었으니까. 이제 일주일 후면 그들은 하와이로 떠날 예정이었다.

하얀 벤츠가 출구에서 날 기다리고 있었다.

"나한테 무슨 일이 있었는지 네가 안다면!"

"중국 면 먹으러 갈까? 배고파 죽겠어."

나는 면 사발을 앞에 두고 눈 덮인 대나무 숲, 눈 폭풍, 야맘바의 집에서 보낸 밤, 산에서 길을 잃고 뛰어다닌 시간들, 후지산을 코앞에서 맞닥뜨린 일을 상기시키려고 필사적으로 애썼다. 그 순간, 내가 그 화산의 크기를 보여주기 위해 두 팔을 활짝 벌렸기 때문에 린리가 웃음을 터뜨렸다. 절경을 말로 전하는 것은 기술적으로 불가능하다. 흥미를 끌지 못하거나 우스꽝스러워 보이기 일쑤다.

린리가 내 손을 꼭 쥐며 말했다.

"크리스마스 나랑 보낼래?" 그가 물었다.

"좋아."

"그럼 23일부터 26일까지 나하고 여행 떠나는 걸로 알고 있어."

"어디 가는데?"

"가보면 알아. 두툼한 옷 챙겨와. 아니, 산에 가진 않을 거니까 안심해."

"크리스마스가 너한테 의미가 있어?"

"아니. 하지만 이번엔 있어. 너와 함께 보낼 테니까."

수업이 있는 마지막 주. 난 이제 곧 그 여대생 나부랭이들 틈에 끼어 있지 않을 것이다. 시험에 통과했으니까. 이듬해 초에 나는 가장 큰 일본회사 중 하나에 입사할 것이다. 탄탄대로의 미래가 날 기다리고 있었다.

한 캐나다 여대생이 린리와 결혼할 거냐고 물었다.

"나도 모르겠어."

"조심해. 그 결합에선 끔찍한 아이들이 만들어지니까."

“그게 무슨 소리야? 유라시안들이 얼마나 잘 생겼는데.”

“하지만 가증스럽대. 내 친구가 일본남자와 결혼을 했는데, 애가 둘이야. 여섯 살하고 네 살. 근데 아이들이 엄마는 삐삐(오줌), 아빠는 까까(똥)라고 부른다지 뭐니.”

내가 웃음을 터뜨렸다.

“아마 나름대로 이유가 있을 거야.” 내가 말했다.

“어떻게 그렇게 속 편하게 웃을 수가 있어? 만약 그런 일이 너한테 일어난다면?”

“난 아이 가질 생각 없어.”

“그래? 왜? 그건 정상이 아니잖아.”

나는 속으로 브라상스의 노래를 흥얼거리며 나와 버렸다. ‘아니, 사람들은 좋아하지 않아/ 남이 그들과 다른 길로 가는 걸.’

12월 23일 아침, 흰색 벤츠가 짙은 회색 하늘 아래 날 기다리고 있었다. 길은 길고, 추하고, 날 맥 빠지게 만들었다. 일본 역시 평범한 나라였으니까.

“가보면 알 거라는 건 나도 알아. 우리 어디 가는 거야?”

“경치가 뭘 예고하더라도 크게 실망하진 않을 거야.”

난 ‘우르르흐흐 이후로 참 멀리도 왔다’고 생각했다. 게

란을 깨지 않고는 프랑스어를 자유자재로 구사하는 외국인
을 양성할 수 없는 건지도.

갑자기, 바다.

"일본해야." 린리가 격식을 갖춰 말했다.

"어렸을 때 이미 들어가 봤어. 돗토리에서. 익사할 뻔했
지."

"넌 생생하게 살아 있어." 성스러운 바다를 변호하기 위
해 청년이 결론지었다.

그가 니이가타 항에 차를 주차시켰다.

"우린 배를 타고 사도 섬에 갈 거야."

나는 기뻐 날뛰었다. 나는 늘 야생의 아름다움이 그대로
보존되어 있다는 그 유명한 섬에 가보기를 꿈꿨다. 린리가
차 트렁크에서 궤짝만한 가방을 꺼냈다. 여정은 얼음처럼
차고 끝없이 길 것처럼 보였다.

"일본해는 남성적인 바다야." 린리가 말했다.

그것은 내가 이미 일본사람들의 입을 통해 수없이 들어봤
지만 도무지 감이 잡히질 않아 한 번도 토를 달아본 적이 없
는 말이었다. 나의 유치한 상상력은 물결에서 삐죽삐죽 튀
어나온 턱수염을 찾고 있었다.

배가 우릴 섬에 내려놓았다. 항구는 니이가타 항과 대조

적일 정도로 초라했다. 우리는 60년대 관광버스를 타고 항구에서 30분 거리에 있는 널찍한 옛날식 숙소로 갔다. 그 '료칸(여관)'은 섬 중앙에 위치해 있었다. 바다는 보이지 않았지만 파도 소리가 들려왔다. 주변에는 인간의 손이 거의 닿지 않은 자연뿐이었다.

눈이 내리기 시작했다. 나는 기쁨에 들떠 산책을 나가자고 졸랐다.

"내일." 린리가 대답했다. "벌써 오후 4시야. 난 피곤해죽겠어."

그는 여관의 흥취를 한껏 즐기고 싶어 하는 것 같았다. 그를 탓할 수는 없었다. 멋진 전통식 객실에서는 신선한 다다미 냄새가 났고, 대나무를 통해 뜨거운 물이 계속 채워지는 넓은 젠 욕조가 갖춰져 있었다. 물이 넘치는 걸 막기 위해 가공하지 않은 욕조의 돌에 구멍이 하나 뚫려 있고, 그 위에 씌어 있는 불붙인 건초더미를 닮은 글자는 무(無)를 뜻했다.

"와, 형이상학적이네!" 내가 외쳤다.

린리와 나는 의식에 따라 세면대에서 비누칠을 하고 꼼꼼하게 헹군 후에 두 번 다시 나오지 않을 생각으로 그 놀라운 욕조에 들어갔다.

"이 여관에는 그 유명한 공동목욕탕 '후로'도 있는 것 같아.” 그가 말했다.

“아무리 그래도 객실 것보다 더 좋을 리가 없어.” 내가 대답했다.

“제대로 알고나 말해. 그건 크기가 이것 열 버는 족히 되고, 대나무를 통해 물이 공급되는데다 옥외에 있어.”

무엇보다 옥외에 있다는 말에 구미가 당겼다. 나는 거기 가보자고 떼를 썼다. 그곳에는 아무도 없었다. 고대 관습에 따라 남녀 구분이 없었기 때문에 더욱 잘 된 일이었다.

벌거벗은 채 뜨거운 욕조에 들어가 펑펑 쏟아지는 눈을 바라보던 나는 황홀경에 빠져 탄성을 내질렀다. 그 한증막에서는 머리에 차가운 크리스털을 맞는 즐거움까지 누릴 수 있었다.

30분 후, 린리가 ‘후로’에서 나가 ‘유카타’를 입었다.

“벌써?” 내가 발끈했다.

“너무 오래 있으면 건강에 안 좋아. 그만 가자.”

“싫어. 난 더 있을래.”

“좋을 대로 해. 난 먼저 객실로 돌아갈게. 너무 오래 있지는 마.”

그 넓은 목욕탕에 홀로 남게 된 나는 내 온몸이 꽁꽁 언 물질과 만나는 기적적인 순간을 경험하도록 물 위에 드러누

위 배영을 하는 자세를 취했다. 샤벳에 난타당하는 기분은 너무나 좋았다. 몸 반대편이 김이 모락모락 피어오르는 물에 절여지는 만큼 더더욱.

아뿔싸, 내 고독은 오래 지속되지 못했다. 여관 관리부 소속의 한 노인이 목욕탕 주변을 청소하러 왔다. 나는 물 속에 몸을 웅크리고는 맨살이 보이지 않도록 팔다리를 저어 물을 흐렸다.

소관목처럼 키가 작고 비쩍 마른 그 팔십대 노인은 한 번도 섬을 떠나본 적이 없는 것처럼 보였다. 그는 싸리 빗자루로 욕조 주변을 꼼꼼하게 쓸었다. 무표정한 그의 얼굴이 날 안심시켰다. 하지만 그는 구석구석 빗질을 다 해놓고도 청소를 처음부터 다시 시작했다. 그가 청소를 하기 위해 린리가 자리를 뜰 때까지 기다린 것부터 영 미심쩍지 않은가?

나는 노인이 '후로' 근처에 조금씩 내려쌓이는 눈을 매번 다시 쓸어내고 있다는 것을 알아차렸다. 그런데 눈은 필시 앞으로도 오랫동안 내릴 터였다. 나는 노인이 거기 있는 한 물에서 나갈 수가 없었다. 내가 물에서 튀어나가는 순간과 유카타를 걸치는 순간 사이에 벌거벗은 내 몸이 완전히 노출되는 찰나가 있을 것이다.

물론 위험은 전혀 없었다. 그 섬 노인은 옷을 입은 상태로

45kg도 채 안 나갈 정도로 왜소했고, 나이가 나이인 만큼 허튼 짓을 할 리가 만무했다. 그래도 그 상황이 기분 나쁘기는 마찬가지였다. 팔다리를 휘젓는 것도 이젠 힘이 부쳤다. 움직임이 둔해지자 물의 불투명성이 더 이상 보장되지 않았다. 시치미를 뚝 떼고 있었지만 노인은 속으로 쾌재를 부르고 있는 게 분명했다.

나는 호통을 쳐서 노인을 쫓아버리기로 마음먹었다. 나는 턱으로 빗자루를 가리키며 무뚝뚝하게 소리쳤다.

"이라나이!"

그 일본어가 뜻하는 바는 '그럴 필요 없어요!'였다.

그는 영어를 이해하지 못한다고 말했다. 그 대답이 그의 음흉한 의도를 증명했다. 나는 더 이상 그의 성적 도착증을 의심치 않았다.

하지만 나는 아직 바닥을 친 게 아니었다. 내가 바닥에 도달한 것은 기절의 전조들을 느낀 순간이었다. 린리가 옳았다. 그 뜨거운 물 속에 너무 오래 있는 것은 건강에 안 좋았다. 나도 모르는 사이에 기력을 빼앗겨버렸던 것이다. '후로' 속에서 내 눈이 돌아가고, 노인이 날 구한다는 구실로 성추행을 하는 순간이 떠올랐다. 패닉.

더군다나 기절 직전의 단계는 아주 끔찍하다. 마치 수천만 마리의 개미가 신체 내부를 점령해 내장을 구역질 덩어리로 변모시켜놓는 것 같다. 거기에다 말로 형용할 수 없는 현기증이 동반된다. 아멜리, 조금이라도 기력이 남아 있을 때, 다시 말해 당장 거기서 나가. 물론 그가 벌거벗은 네 모습을 보겠지. 하지만 할 수 없잖아, 훨씬 더 심각한 일이 벌어질 수도 있으니.

빗질을 하던 노인은 하얀 회오리 물기둥이 솟아올라 유카타를 향해 달려들어서는 그것으로 온몸을 감싸고 후닥닥 달아나는 것을 보았다. 나는 방까지 전속력으로 질주했고, 린리는 미친 듯이 달려 들어와 요 위에 쓰러지는 나를 보았다. 끝까지 붙들고 있던 의식의 끈을 놓고 기절하는 순간, 본능적으로 고개를 돌려 시계를 봤던 기억이 난다. 18시 46분. 그리고 나는 바닥없는 우물 속으로 추락했다.

나는 여행했다. 17세기 교토 조정을 탐험했다. 보라색 기모노로 화려하게 차려입은 남녀 귀족들이 구릉을 수놓았다. 그 중에서도 궁녀의 기모노를 입고 코토(가야금과 유사한 일본 전통 현악기 : 역자 주)로 직접 반주를 하며 나가사키의 밤의 영광을 노래하는 부인 하나가―아마도 무라사키 시키부(紫式部, 978~1014년경, 일본 교토 출신의 궁녀. 헤이안 시대 일본의 가장 위대한 문학작품이자 세계에서 가장 오래된 완전한 장편소설로 여겨지는 『겐지모노가타리』의 저자 : 역자주)— 유난히 눈에 띄었다. 아마도 그 풍부한 운율 때문이었으리라.

그 활동은 수십 년에 걸쳐 펼쳐졌다. 나는 잠시 일본의 과거에 자리를 잡고 사케의 맛을 감별하는, 모두가 탐을 내는 직업에 종사했다. 교토의 술 시중꾼은 내가 전혀 그만둘 생각이 없는 직업이었는데, 갑자기 1989년 12월 23일로 다시 불러왔다. 시계는 19시 10분을 가리키고 있었다. 단 24분 만에 어떻게 그 모든 것을 경험할 수 있었을까?

린리는 곁에 앉아 기절한 날 지키고 있었다. 도대체 무슨 일이 있었느냐고 그가 물었다. 나는 꿈에서 본 17세기 얘길 해줬다. 그가 가만히 귀를 기울이고 있다가 다시 물었다.

"그래, 그런데 그 전에는?"

기억이 떠올랐다. 나는 덜 시적인 어조로 빗질을 한다는 구실로 벌거벗은 백설공주의 속살을 엿보러 온 변태 영감 얘길 해주었다.

린리가 손뼉을 치며 자지러지게 웃어댔다.

"아, 그 얘기, 너무 재밌어! 앞으로도 종종 이야기해줘."

그의 반응이 날 어리둥절하게 만들었다. 조금은 화를 내주기 바란 나만 바보 꼴이 되어버렸다. 신이 난 린리가 허리를 구부린 채 상상의 빗자루를 들고 욕조 쪽을 힐끔힐끔 훔

처보는 변태 영감 흉내를 냈다. 그리고는 삿대질을 하며 '이라나이!' 라고 외치는 내 흉내를 내더니, 떨리는 목소리로 자신은 영어를 이해하지 못한다고 대답했다. 장면을 재현하는 동안 그는 내내 킬킬거렸다. 내가 일침을 가하듯 말했다.

"섬 이름이 왜 사도인지 알겠군."

그가 또다시 숨이 넘어갈 듯 웃어댔다. 사드 후작이 일본말로는 사도라고 발음되었으니까.

누가 문을 두드렸다.

"진미를 맛볼 준비됐어?" 린리가 물었다.

미닫이문이 스르르 열렸다. 매력적인 시골여자 두 사람이 들어와 낮은 식탁을 펴더니 세련된 음식을 하나씩 올려놓았다.

가이세키 요리를 앞에 둔 나는 이미 변태 영감을 까맣게 잊고 있었다. 여러 종류의 사케도 상에 올랐다. 나는 내가 기절한 상태에서 예지몽을 꾼 모양이라고 결론내리고, 다음은 뭘까 궁금해 하며 음식이 상에 오르기를 기다렸다.

이튿날 아침, 사도 섬은 눈으로 하얗게 덮여 있었다.

린리가 섬의 최북단 해안으로 날 데려갔다.

“저기 보여?”

그가 손가락으로 수평선을 가리키며 물었다.

“저기 희미하게 보이는 게 블라디보스토크야.”

나는 그의 상상력에 탄복했다. 하지만 그의 말이 옳았다. 그 감옥 같은 구름들 뒤에 있다고 생각할 수 있는 땅은 시베리아뿐이었다.

“우리, 걸어서 섬을 한 바퀴 돌까?” 내가 제안했다.

“뭘 몰라야 용감하다더니…… 너무 오래 걸릴 거야.”

“그러지 말고 우리 한 번 해봐. 눈 덮인 해안을 보는 건 아주 드문 경험이잖아.”

“일본에서는 아냐.”

바닷바람을 맞으며 장장 네 시간을 걸은 끝에 움직이는 얼음조각으로 변한 내가 기권을 선언했다.

“잘 생각했어.” 린리가 말했다. “섬을 완전히 일주하려면 섬 중앙에 위치한 여관까지 가는 시간을 빼더라도 앞으로 열 시간은 족히 걸어야 하니까.”

“우리, 가장 빠른 길로 돌아가.” 내가 시퍼렇게 질린 입술로 중얼거렸다.

“지름길로 가도 여관에 도착하려면 족히 두 시간은 걸릴 거야.”

막상 가보니 섬 내부가 해안보다 월등히 아름다웠다. 절정은 광활하게 펼쳐져 있는 눈 덮인 감나무 과수원들이었다. 자연의 묘한 이치에 의해, 모든 과실수들이 그렇듯 겨울이 되면 잎이 다 떨어지는 감나무에 익을 대로 익은 감들이 대롱대롱 매달려 있었다. 극단적인 경우에는 십자가에 못 박힌 죄수들을 연상시키며 살아 있는 나무에 죽은 과일들이 매달려 있었다. 하지만 시신을 떠올릴 때가 아니었다. 내 생애 가장 놀라운 크리스마스트리, 흰눈을 눈부신 관처럼 쓴 채 발갛게 익은 감들을 주렁주렁 달고 있는 검은색의 헐벗은 감나무를 목격했으니까.

그렇게 장식된 나무 단 한 그루로도 날 열광시키기에 충분했을 것이다. 내가 본 것은 황량한 벌판에 줄지어 서 있는 감나무의 군단이었다. 나는 감탄과 욕망으로 머리가 돌아버릴 지경이었다. 잘 익은 감은 내가 가장 좋아하는 과일이었으니까. 하지만 아뿔싸, 아무리 용을 쓰며 폴짝거려도 소용이 없었다. 내 손에 닿는 감이 단 하나도 없었으니까.

나는 생각했다. '그래, 눈으로 즐기는 것으로 만족하자. 늘 모든 걸 먹으려 들어서는 안 돼.' 이 마지막 논거는 날 설득시키지 못했다.

"어서 가자. 추워죽겠어." 린리가 말했다.

여관에 도착하자 그가 잠시 외출을 했다. 나는 간단히 목욕을 하고 요 위에 쓰러졌다. 잠이 든 나는 그가 돌아오는 것을 보지 못했다. 그가 깨워 일어나보니 저녁 일곱 시였다. 여종업원들이 지체 없이 저녁을 갖다 주었다.

음식과 관련해 작은 사고가 있었다. 종업원들은 살아 있는 낙지를 가지고 왔다. 나는 일본인의 식습관을 알고 있었다. 나는 이미 그 불쾌한 경험을 한 적이 있었다. 일본인은 신선함을 보장하기 위해 조리사가 손님이 보는 앞에서 막 잡은 생선이나 해산물을 날로 먹었다. 조리사가 희열에 찬 표정으로 바라보며 '살아 있죠, 안 그래요? 생명의 맛이 느껴지십니까?' 라고 말하는 동안, 내가 눈 딱 감고 삼킨, 살아 전율하는 도미의 살점은 셀 수 없이 많았다.

낙지를 보는 순간, 나는 이중으로 가슴이 아팠다. 첫째는 촉수가 있는 그 작은 짐승보다 더 매력적인 것은 없기 때문이고, 둘째는 내가 생낙지를 전혀 좋아하지 않기 때문이었다. 그렇다고 그 요리를 거절하는 것은 예의에 어긋나는 일이었을 것이다.

살해의 순간에 난 눈길을 돌렸다. 종업원 중 하나가 첫 희생물을 내 접시에 올려놓았다. 튤립처럼 생긴 그 가느다란 낙지가 내 가슴을 갈가리 찢어놓았다. '빨리 씹어서 삼켜.

그리고 더이상 배가 고프지 않다고 말해.'

나는 그것을 입에 집어넣고 씹어보려고 애썼다. 바로 그때 끔찍한 일이 벌어졌다. 아직 살아 있는 낙지의 신경들이 그에게 저항하라고 명령했고, 복수심에 찬 시체는 모든 촉수를 동원해 내 혀를 붙들고 늘어졌다. 그리곤 더이상 놓아주지 않았다. 나는 혀에 낙지가 붙었을 때 인간이 지를 수 있는 최대한의 소리를 질렀다. 나는 나에게 일어난 일을 보여주기 위해 혀를 쑥 내밀었다. 종업원들이 웃음을 터뜨렸다. 나는 손으로 동물을 떼어내 보려고 애썼다. 빨판이 너무 꼭 들러붙어 있어서 불가능했다. 나는 혀를 뽑아낼 수밖에 없는 순간을 상상했다.

린리도 겁에 질려 어찌 할 바를 모른 채 나를 쳐다만 보고 있었다. 나는 적어도 내 처지를 이해하는 사람이 있다고 느꼈다. 나는 종업원들이 장난을 그만두기를 바라며 코로 신음소리를 냈다. 이만하면 충분히 재밌었다고 생각한 종업원 하나가 젓가락으로 콕 찌르자 낙지가 곧 저항을 포기했다. 그렇게 간단한 것을, 그 여자는 왜 진작 날 구해주지 않았을까?

나는 접시에 뱉어놓은 낙지를 쳐다보며 정말이지 그 섬에는 사도라는 이름이 붙어 마땅하다고 생각했다.

여종업원들이 상을 치우고 나자, 린리가 이젠 괜찮으냐고
물었다. 나는 웃으며 정말 놀라운 크리스마스 저녁이었다
고 대답했다.

"너한테 줄 선물이 있어." 그가 말했다.

그리곤 뭔가가 잔뜩 든 옥색 비단 보자기를 내밀었다.

"이 '후로시키' 에 뭐가 들었어?"

"열어봐."

나는 그런 식으로 선물을 주는 관습이 정말 매력적이라고
생각하며 전통 보자기를 풀었다. 그리고 기쁨의 탄성을 내
질렀다. '후로시키' 에는 겨울이 거대한 보석처럼 만들어놓
은 감이 가득 들어 있었다.

"어떻게 한 거야?"

"네가 자는 동안 과수원에 되돌아가서 따왔어."

나는 달려들어 그의 목에 매달렸다. 그런데도 난 그가 야
쿠자와 관련된 일 때문에 사라졌다고 생각했으니!

"부탁인데, 지금 먹어줄 수 있겠어?"

나는 그가 왜 그토록 내가 뭔가를 먹는 모습을 보고 싶어
하는지 결코 이해할 수 없었다. 하지만 난 기꺼이 먹었다.
잘 익은 감들이 널려 있는데 애꿎은 낙지들만 죽이다니! 결
빙된 과육은 보석들이 박힌 샤벳의 맛을 지니고 있었다. 눈

은 음식의 맛을 향상시키는 놀라운 힘을 가지고 있다. 그것은 맛있는 즙의 농도를 높이고 맛을 정제시킨다. 그것의 기능은 기적적일만큼 섬세하게 익히는 것과 같다.

나는 쾌락으로 뿌옇게 젖은 눈을 하고 감들을 하나씩 먹어치웠다. 나의 식탐은 아무것도 남지 않았을 때에야 비로소 가라앉았다. 보자기는 텅 비어 있었다.

린리가 감동한 표정으로 나를 물끄러미 쳐다보았다. 내가 그에게 먹는 모습이 마음에 들었느냐고 물었다. 그가 얼룩진 '후로시키'를 치우고, 그 아래 감춰져 있던 작은 박사(薄紗) 곽을 나에게 내밀었다. 나는 조마조마한 마음으로 그것을 열었다. 내가 두려워했던 것이 사실로 드러났다. 자수정이 박힌 백금 반지.

"네 아버지가 실력 발휘하셨네." 내가 웅얼거렸다.

"나랑 결혼해줄래?"

"나한테 빈 손가락이 남아 있다고 생각해?"

그의 아버지가 선물한 작품들로 빼곡한 양손을 보여주며 내가 대답했다.

그가 곰곰이 생각해보더니 오닉스를 새끼손가락으로, 지르콘을 중지로, 백금을 엄지로, 오팔을 검지로 옮기면 약지가 비게 된다고 설명했다.

“머리 좋네.” 내가 말했다.

“좋아. 원치 않는군.” 그가 말했다.

“난 그런 말 한 적 없어. 우린 아직 너무 어려.’

“넌 원치 않아.” 그가 차갑게 반복했다.

“결혼 전에 약혼이라 불리는 기간이 존재해.”

“화성인에게 말하듯 하지 마. 나도 약혼이 뭔지는 알고 있으니까.”

“예쁜 말이라고 생각하지 않아?”

“약혼 얘길 꺼낸 게 예쁜 말이기 때문이야, 아니면 나와 결혼하는 게 싫기 때문이야?”

“난 단지 일이 순서대로 이루어지길 원할 뿐이야.”

“왜?”

“나한테도 원칙이 있으니까.” 나는 내 입으로 이렇게 말해놓고도 깜짝 놀랐다.

일본인들은 그런 종류의 논거를 매우 존중해준다.

“약혼은 얼마 동안 지속돼?” 마치 규범을 알아보기 위해서인 양 린리가 물었다.

“그야 정하기 나름이지.”

그는 그 대답이 마음이 들지 않는 눈치였다.

“약혼의 어원은 신뢰라는 말에 있어.” 내가 내세운 대의를 옹호하기 위해 덧붙였다. "따라서 약혼자는 상대방에게 신뢰를 바치는 사람이지. 아름답지, 안 그래? 그에 비하면 계약의 이미지를 띠고 있는 결혼이라는 말의 의미는 한없이 진부해."

"따라서 넌 나와 결혼하길 원치 않는 거야." 린리가 추론해냈다.

"그렇게 말하진 않았어." 너무 멀리까지 갔다는 걸 의식한 내가 말했다.

한참동안 거북한 침묵이 흘렀고, 결국 견디다 못한 내가 그것을 깼다.

"네 약혼반지를 받아들일게."

그는 아주 길고 가는 내 손가락들을 옮겨가며 이리저리 반지들을 바꿔 끼웠고, 마침내 비워진 약지에 자수정이 박힌 백금 반지를 끼워주었다.

"옛날 사람들이 자수정에 도취에서 깨어나게 하는 속성이 있다고 생각했다는 거 알아?"

"그럼 나한테 많이 필요하겠네." 다시 사랑에 흠뻑 빠진 린리가 말했다.

몇 시간 후, 잠이 든 그의 곁에서 내 불면이 시작되었다. 린리의 청혼을 떠올리면 죽은 낙지의 촉수들이 내 혀를 붙들고 늘어졌던 순간을 다시 경험하는 듯한 기분이 들었다. 그 불쾌한 연상 작용은 두 사건이 거의 동시에 일어났기 때문은 아니었다. 나는 낙지의 빨판을 떼어내는 데, 결혼을 무기한 연기하는 데 성공하지 않았느냐고 되뇌며 나 자신을 안심시키려고 애썼다.

게다가 감 사건이 있었다. 낙원의 이브는 먹고 싶은 과일을 딸 수가 없었다. 새로운 아담은 자상하게도 그 과일을 가득 따서 그녀에게 선물하고는 먹는 모습을 애정 어린 눈길로 바라보았다. 이기적인 새 이브는 아담에게 한 입 먹어보라고 권하지도 않았다.

나는 원작보다 훨씬 더 세련된 것처럼 보이는 그 '리메이크'가 무척 마음에 들었다. 하지만 이야기의 결말이 청혼으로 인해 암울해졌다. 왜 쾌락을 누리면 늘 그 대가를 치러야만 하는 것일까? 왜 쾌감의 대가는 늘 원초적 가벼움의 상실일까?

몇 시간 동안 그 심각한 주제를 곱씹다가 나는 결국 잠시 눈을 붙였다. 내 꿈은 뻔히 예상할 수 있는 것이었다. 성당에서 신부가 나를 거대한 낙지와 결혼시켰다. 낙지는 내 손가락에, 나는 그의 촉수 하나하나에 반지를 끼워즈었다. 하느님의 종이 이렇게 말했다.

“이제 신부에게 키스해도 좋아요.”

낙지가 그의 입 속으로 내 혀를 빨아들이고는 두 번 다시
놓아주지 않았다.

이틀날, 시골 관광버스가 우릴 선착장까지 실어다주었
다. 배 위에서 섬이 멀어지는 것을 바라보며 린리가 말했다.

"사도를 떠나는 건 슬퍼."

"그래." 내가 반쯤만 솔직한 심정으로 대답했다.

그래도 그 감 맛은 그리워질 테니까.

린리가 촉촉하게 젖은 눈으로 날 바라보며 외쳤다.

"사도 섬의 내 약혼녀!"

이런, 앞날이 훤하군.

우리는 니이가타에 주차해둔 벤츠를 타고 도쿄로 향했
다. 나는 조수석에 앉아 끊임없이 나 자신에게 질문을 던졌
다. 나는 왜 싫다고 말하지 않았을까? 나는 린리와 결혼하고
싶지 않았다. 상대가 누구든 결혼은 떠올리기만 해도 소름

이 돋았다. 그렇다면 나는 왜 그의 청혼을 거절하지 못했을까?

그 이유는 내가 린리를 아주 좋아한다는 데에 있었다. 거절은 결별 선언이나 다름없었을 것이다. 그런데 나는 그와 결별하고 싶지 않았다. 너무나 큰 우정, 애정, 웃음이 날 그 감상적인 청년과 이어주고 있었다. 나는 그와 함께 나누는 즐거움을 포기하고 싶지 않았다.

나는 약혼을 발명한 사람을 축복했다. 삶은 돌처럼 단단한 시련들로 점철되어 있다. 그나마 유체역학이 그곳을 유연하게 돌아다닐 수 있게 해준다. 자갈, 바위, 선돌 용(用)의 놀라운 윤리서인 성경은 우리에게 화석화된 감탄스러운 원칙들을 가르친다. '오직 너희 말은 옳다 옳다, 아니라 아니라 하라. 이에서 지나는 것은 악으로 좇아 나느니라.' (마태복음 5장 37절. 쉽게 풀어쓰자면, '그러냐 아니냐? 그러면 그렇다 아니면 아니라고 하라. 너희가 이것저것 덧붙이는 것은 악마에게 온 것이다' 가 될 것이다. : 역자 주) 그리고 그것에 집착하는 사람들은 추호의 흔들림도 없는, 그래서 모두로부터 존경을 받는 존재들이다. 정반대편에 화강암처럼 단단하게 처신하는 것이 불가능한, 그리고 앞으로 나아가기 위해서는 요리조리 빠져나가고, 스며들어가고, 우회할 수밖에 없는 피조물들이 있다. 모(某)씨와 결혼하길 원하느냐 원치 않으냐고 물으면, 그 피조물들은 유동적인 혼인, 즉 약혼을 제안한다. 그들은 나름 물과 같은 방식으로 솔직한데도, 석질(石質)의 가장들은 그들에게서 배신자 혹은 거짓말쟁이를 본다. 내가 만약 물이라면, '그래, 너의 청혼을 받아들일게' 라고 말하는 것은 어떤 의미를 가질까? 그것이야말로 거짓일 것이다. 물을 붙들 수는 없는 법이다. 그래, 내가 널 채워줄게, 너에게 내 부를 아낌없이 줄게, 널 시원하게 해줄게, 네 갈증을 풀어줄게. 하지만 내 흐름이 어떻게 변할지 나도 모르니, 넌 결코 같은 약혼녀 속에 두 번 몸을 담그지는 못할 거야.

유연한 태도로 수많은 갈등을 피하게 해줄 때, 이 유동적인 존재들은 군중의 분노를 산다. 모두가 칭송해마지 않는 도덕적인 거대한 돌덩어리들은 모든 전쟁의 원인이다. 물론 린리의 경우 문제가 되는 것은 국제정치가 아니었다. 하지만 나는 엄청난 위험 두 가지 중 하나를 선택해야만 했다. 영원, 안전, 견고, 안정, 그리고 물을 질겁하게 만들어 꽁꽁 얼려버리는 다른 낱말들을 동의어로 가지는 하나는 '응' 이라 불렸다. 결별, 절망, 난 네가 날 사랑한다고 믿었는데, 당장 내 앞에서 사라져버려, 함께 있을 때 넌 너무나 행복해보였는데, 그리고 부당하고 야만적이기에 물을 분노로 부글거

리게 하는 다른 결정적인 말들로 번역되는 다른 하나는 '아
니'라 불렸다.

약혼이라는 해결책을 찾아내서 얼마나 다행이었는지! 그
것은 아무것도 결정하지 않는다는 점에서, 문제를 나중으로
미룬다는 점에서 유동적인 대답이었다. 시간을 버는 것은
삶을 좌우하는 중대한 일이다.

도쿄로 돌아온 나는 신중을 기해 약혼 사실을 아무에게도
알리지 않았다.

1990년 1월 초, 나는 사업을 한다는 명목으로 진정한 권
력을 휘두르는 일본의 7대 거대기업 중 하나에 입사했다.
모든 직원이 그렇듯, 나는 정년퇴직할 때까지 그 회사에서
사십여 년을 일할 작정이었다.

『두려움과 떨림』에서 내가 왜 계약기간 일 년도 끝까지
채우지 못했는지 이야기한 바 있다.

그것은 진부하기 짝이 없는 지옥이나 다름없었다. 내 운
명은 일본 샐러리맨 대부분의 운명과 크게 다르지 않았다.
단지 외국여자라는 신분과 서툴기 짝이 없는 어떤 개인적
품성 때문에 상황이 좀더 악화되었을 뿐.

난 저녁마다 린리를 만나 그날 하루 있었던 일을 털어놓

았다. 단 하루도 모욕감에 치를 떨지 않은 날이 없었다. 린리는 내가 겪어낸 것을 나보다 더 고통스러워하며 내 얘기에 귀를 기울였다. 내가 얘기를 끝내자, 그는 고개를 저으며 자기 민족의 이름으로 나에게 용서를 구했다.

나는 일본인의 민족성을 문제 삼는 게 아니라며 그를 다독였다. 그 회사에는 나에게 힘이 되어주는 좋은 사람들도 여럿 있었다. 요컨대, 내가 받는 박해는 직장세계에서 대개 그렇듯 단 한 사람의 작품이었다. 물론 그 사람이 회사의 든든한 지원을 받고 있긴 했지만. 어쨌든 그 사람이 태도를 바꾸는 것만으로도 내 운명을 변화시킬 수 있었을 것이다.

나는 이중생활을 했다. 낮에는 노예, 밤에는 약혼녀. 밤들이 그렇게 짧지만 않았다면 그 이중생활을 통해 득을 볼 수도 있었을 것이다. 난 밤 10시 이전에는 린리를 만날 수 없었고, 그 시절에 이미 글을 쓰기 위해 새벽 4시에 일어났다. 맡은 업무를 끝내지 못해 회사에서 밤을 꼬박 샌 적도 있었다.

주말들은 아무 기억도 남지 않는 수렁 속으로 사라져버렸다. 나는 늦잠을 잤고, 빨랫감을 세탁기에 넣었고, 글을 썼고, 빨래한 옷가지를 건조기에 넣었다. 그리곤 진이 빠져 주

중에 쌓인 피로를 안고 다시 침대에 쓰러졌다. 린리는 이전처럼 날 이리저리 데리고 다니며 모든 것을 해보길 원했다. 나에겐 더는 그럴 기력이 남아 있지 않았다. 그가 나에게서 얻어낼 수 있었던 것은 기껏해야 토요일 저녁에 함께 영화를 보러 가는 것이었다. 난 영화를 보다가 나도 모르게 잠이 들곤 했다.

린리는 생기 잃은 약혼녀를 꿋꿋이 참아냈다. 그녀를 참아내지 못한 것은 바로 나였다. 직장에서 나는 적어도 나 자신을 이해했다. 그런데 회사만 나서면 좀비로 변해버리는 나를 전혀 이해할 수 없었다.

전철을 타고 형벌의 장소로 향할 때, 나는 예전의 내 삶을 떠올렸다. 기껏해야 몇 달 전이었다. 그 잠깐 사이에 자라투스트라에게 무슨 일이 생긴 걸까? 내가 정말 맨발로 일본의 산봉우리들과 대결을 벌였던 걸까? 기억하고 있는 것처럼 내가 정말 후지산과 춤을 췄던 걸까? 지금 잠든 내 모습을 바라보고 있는 저 청년과 그토록 즐겁게 놀았던 걸까?

잠시 힘든 기간일 뿐이라고 확신할 수만 있었다면! 천만에, 내가 앞으로 장장 40년 동안 내 것으로 남을, 모든 회사원에게 공통된 운명을 겪고 있다고 생각할 충분한 이유가 있었다. 내가 속내를 털어놓자, 린리가 서둘러 말했다.

"일 그만두고 나랑 결혼해. 그러면 근심걱정도 끝이야."

사실, 결혼해버릴까 하는 마음도 있었다. 개력적인 청년과 결혼을 하기만 하면 지옥이나 다름없는 직장 때려치우고, 물질적 안락을 누리고, 무위안일을 평생 즐길 수 있는데 누가 망설이겠는가?

하지만 뭐라고 딱 꼬집어 말할 수는 없지만 난 다른 것을 기다리고 있었다. 그것이 뭐가 될지는 나도 몰랐지만 그것을 희망한다는 것만은 확신했다. 욕망은 그 대상이 뭔지 모를 경우 더욱 증폭된다.

내가 의식하고 있던 그 꿈의 일부는 이미 나를 온통 사로잡고 있던 글쓰기였다. 물론 내가 쓴 글이 언젠가 출간이 되리라는 환상은 품지도 않았고, 언감생심 글쓰기를 생계수단으로 삼는 것은 꿈도 꾸지 않았다. 하지만 시도해보지 않은 걸 후회하지 않기 위해서라도 그 경험을 꼭 한 번 해보고 싶었다.

일본에 오기 전에는 그것을 심각하게 생각해본 적이 없었다. 편집자가 보내온 거절 편지를 받아들고 자괴감에 빠져들게 될 것이 뻔했기 때문에 너무나 두려웠다.

그때 내가 일상적으로 겪고 있던 것을 고려할 때, 어떠한 자괴감도 더 이상 날 겁에 질리게 만들 순 없었다.

그래도 그 모든 것은 아주 막연했다. 이성의 목소리는 나에게 청혼을 받아들이라고 고래고래 소리를 지르고 있었다. '넌 일하지 않고도 부자가 될 거고, 최고의 남편까지 얻게 될 거야. 넌 그처럼 착하고, 웃기고, 흥미로운 남자를 만나본 적이 없어. 그가 가진 건 오직 장점뿐이야. 그는 널 사랑하고, 너도 어쩌면 네가 생각하는 것 이상으로 그를 사랑하고 있을지 몰라. 린리의 청혼을 뿌리치는 건 자살행위나 다름없어.'

나는 결정을 내릴 수가 없었다. 입에서 '좋아'라는 말이 떨어지질 않았다. 사도 섬에서처럼 나는 매번 결정을 나중으로 미뤘다.

린리가 점점 더 자주 결혼 얘길 꺼냈다. 나는 늘 즉답을 회피했다. 아무렇지도 않은 척했지만 곤혹스러워 죽을 지경이었다. 내가 나를 필두로 모든 사람을 불행하게 만드는 것 같은 느낌이 들었다.

직장은 지옥이었다. 나는 린리에게 과분한 사랑을 받았다. 가끔 린리에게 배은망덕하게 군 탓에 그 벌로 직장에서 그 고초를 겪는 게 아닌가 하는 생각이 들기도 했다. 일본은 밤에 나한테 준 것을 낮에 앗아갔다. 이 이야기는 안 좋게 끝나고 말리라.

가끔 출근을 하는 게 오히려 마음이 편한 적도 있었다. 가짜 평화보다는 선포된 전쟁이 더 낫기도 하니까. 선의를 가진 사형집행인보다는 의도치 않은 순교자가 되는 쪽이 더 편했다. 난 늘 권력을 끔찍이 싫어했다. 나로서는 권력을 휘두르는 것보다는 권력에 휘둘리는 편이 덜 괴로웠다.

내 생애 최악의 사고들은 주로 말실수로 인한 것이었다. 주중의 어느 날 밤 자정이 지난 시각, 내가 졸음에 취해 비몽사몽하고 있는데 린리가 나에게 240번째 청혼을 했다. 너무 피곤해 얼버무릴 수조차 없었던 나는 '아니'라고 대답하고 곧 잠이 들었다.

아침에 잠에서 깨어난 나는 책상 위에서 린리가 남긴 쪽지를 발견했다. '고마워, 너무 행복해.'

나는 거기서 높은 도덕적 가치를 지닌 교훈을 얻었다. '넌 네 의사를 분명히 밝힘으로써 누군가를 행복하게 해주었어. 감히 싫다고 말할 수 있어야 해. 헛된 희망을 품게 하는 건 좋지 않아. 모호함은 고통의 근원이야, 등등.'

난 그날 분의 굴욕을 겪기 위해 출근했다. 저녁에 퇴근하는데 린리가 날 기다리고 있었다.

"우리 근사한 레스토랑에 가서 식사해."

"정말? 나 지금 완전히 그로기 상태야."

"오래 걸리지 않을 거야."

고사리 수프 사발을 앞에 두고 린리가 그의 부모가 반가운 소식을 접하고 몹시 기뻐했다고 말했다. 내가 웃음을 터뜨리며 대답했다.

"놀랄 일은 아니네."

"특히 아버지가."

"그건 놀라운걸. 난 네 어머니가 더 좋아할 줄 알았는데."

"아들을 떠나보낼 때는 보통 어머니들이 더 힘들어하는 법이지."

그 말이 내 머리 속에 희미한 비상 신호를 울려 퍼지게 했다. 내가 지난밤에 '아니'라고 대답한 것에는 의심의 여지가 없었다. 하지만 그가 결혼 의향을 묻는 질문을 어떤 방식으로 던졌는지는 확신할 수가 없었다. 만약 린리가 그 복잡한 나라에서 흔히 하듯 부정적인 방식으로 물었다면 난 끝장이었다. 나는 부정의문문에 대한 답변의 일본어 문법규칙을—탱고의 스텝만큼이나 복잡하다—떠올려보려고 애썼다. 지칠 대로 지친 머리가 제대로 돌아가지 않았기 때문에 나는 직접 실험을 해보기로 마음먹었다. 내가 사케 병을 덥석 집으며 물었다.

“사케 더 하지 않을래?”

“아니.” 청년이 정중하게 대답했다.

따라서 나는 불필요한 병을 도로 내려놓았다. 린리는 당황한 듯 보였다. 망연자실해 있는 나에게 시키그 싶지 않았는지 그는 직접 병을 집어 자신의 잔에 사케를 따랐다.

나는 두 손으로 얼굴을 감쌌다. 일이 어떻게 된 것인지 깨달았던 것이다. 그는 분명 나에게 ‘여전히 나랑 결혼하는 걸 원치 않아?’ 라고 물었을 것이다. 그리고 나는 서양식으로 대답했고. 나는 자정이 지나면 아리스토텔레스주의자가 되는 유감스러운 결점을 가지고 있다.(긍정과 부정의 구분이 확실한 형식논리주의자가 된다는 뜻. : 역자 주)

끔찍한 사건이었다. 나는 나 자신을 잘 알고 있었다. 난 결코 진실을 바로 잡을 용기를 내지 못할 것이다. 아끼는 사람의 기분을 상하게 하는 걸 죽기보다 싫어하는 나는 그를 실망시키지 않기 위해 차라리 나 자신을 희생할 것이다.

나는 린리가 일부러 부정적인 방식으로 질문을 던졌는지 궁금했다. 그는 그럴 사람이 아니었다. 하지만 나는 그 마키아벨리적인 계획에 그의 무의식이 크게 작용했으리라는 것을 의심치 않았다.

따라서 나는 언어의 차이에서 빚어진 오해로 인해 사악한

무의식을 지닌 매력적인 청년과 결혼해야 하는 처지에 놓였
다. 이 함정에서 어떻게 빠져나가지?

"내가 네 부모님한테도 알렸어." 그가 덧붙였다. "몹시
기뻐하시더군."

안 그러면 이상하지. 내 부모는 그 청년에게 홀딱 빠져 있
었다.

"내가 직접 알리는 게 낫지 않았을까?" 아예 부정의문문
만 사용하기로 작정한 내가 물었다.

린리는 암초를 피해갔다.

"나도 알아. 하지만 넌 직장인이고, 난 아직 학생이잖아.
너한테 그럴 시간적 여유가 없을 거라고 생각했어. 내가 잘
못했어?"

"아니." 그가 부정적인 방식으로 질문을 하지 않은 걸 아
쉬워하며 내가 대답했다. 그랬다면 문화적 차이를 내세워
내가 생각하는 방식을 그에게 설명할 수도 있었을 것이다.

'될 대로 되라지!' 나는 속으로 체념하듯 외쳤다.

"언제쯤이 좋겠어?" 그가 물었다.

그는 아예 못을 박으려 들었다.

"바쁠 것도 없는데 서둘러 모든 걸 결정하려 들진 마." 내
가 대답했다. "어쨌거나 내가 유미모토에서 일하는 동안에

는 불가능해.”

“이해해. 계약이 언제 끝나?”

“1월 초에.”

린리가 수프를 다 먹고 선언했다.

“그러니까 1991년. 어느 쪽으로 읽어도 숫자가 같은 해
군. 결혼하기 좋은 연도야.”

1990년은 완전한 혼돈 속에서 끝이 났다.

단 하나, 내가 사표를 냈다는 것만은 확실했다. 유미모토 사는 이제 곧 내 소중한 봉사를 못 받고 지내야 할 것이다.

난 결혼도 사표를 내고 파기할 수 있다면 얼마나 좋을까 하고 생각하고 있었다. 불행하게도 린리는 차마 딴 소리를 할 수 없을 만큼 나에게 잘해줬다.

어느 날 밤, 난 내면의 목소리가 나에게 이렇게 말하는 것을 들었다. ‘구모토리 산의 가르침을 떠올려봐. 야맘바에게 붙잡혔을 때도 넌 도망이라는 해결책을 찾아냈어. 말로는 어떻게 해볼 도리가 없다고? 그럼 다리로 어떻게 해봐.’

한 나라에서 달아나는 것이 문제일 때 다리는 비행기의 형태를 취한다. 난 아무도 몰래 도쿄 발 브뤼셀 행 비행기표를 구입했다. 편도로.

"왕복이 더 싸요." 판매원이 말했다.

"그냥 편도로 주세요." 내가 고집했다.

자유에는 가격이 없다.

당시는 전자티켓이 아직 존재하지 않았던 시절이었다. 따라서 빳빳한 비행기표는 가방 밑바닥이나 주머니 속에 넣어두고 하루에 서른 번씩 확인해볼 수 있는, 손에 만져지는 실재성을 갖고 있었다. 불편한 점은 표를 분실할 경우 재발급 받는 게 기적에 가깝다는 것이었다. 하지만 내가 자유의 상징인 그것을 분실할 위험은 조금도 없었다.

가족이 여행을 떠났기 때문에 나는 새해 첫 삼일을 콘크리트 성에서 린리와 함께 보냈다. 일본에서는 이 기간만은 일하는 것이 일체 금지된다. 심지어 요리하는 것조차. 그의 어머니는 사람들이 그 삼일 동안 즐겨먹는 차가운 음식으로―메밀국수, 설탕에 절인 강낭콩, 쌀 과자, 그리고 먹기보다 보기가 더 좋은 이상야릇한 음식들―전통 칠기 찬합들을 가득 채워놓았다.

"이것들, 억지로 먹지 않아도 돼." 린리가 대수롭지 않다는 듯 스파게티를 삶으며 말했다.

나는 그것들을 억지로 먹을 생각이 전혀 없었다. 맛이 별로였으니까. 하지만 까만색 칠기에 반사되는, 설탕으로 반들거리는 강낭콩의 광채에는 매료되지 않을 수 없었다. 나는 그 광경을 조금도 놓치지 않기 위해 납작한 찬합에 눈높이를 맞춘 채 젓가락으로 그것들을 하나씩 집어보았다.

잘 감춰놓은 비행기표 덕분에 그 삼일은 더없이 즐거웠다. 나는 호의에 찬 호기심을 가지고 그 청년을 바라보았다. 그러니까 바로 그 청년이 내가 2년 연속 함께 행복한 시간을 보낸 다음 팽개치고 달아날 채비를 하고 있는 사람이었다. 이 무슨 별난 이야기고 부조리한 낭비인가! 하지만 그는 세상에서 가장 아름다운 목덜미와 가장 세련된 태도를 갖고 있지 않은가? 수상쩍은 동시에 편안한 그와 함께 있으면 세상없이 즐겁지 않은가? 그것이 바로 공동생활의 이상이 아닌가?

그는 내가 흠모해 마지않는 나라의 국민이 아닌가? 그는 이 섬나라가 나를 뿌리치지 않았다는 유일한 증거가 아닌가? 그는 나에게 모두가 꿈꾸는 국적을 취득할 수 있는 가장 간단하고 합법적인 방법을 제공하고 있지 않은가?

끝으로, 나 역시 그에 대해 진정한 감정을 느꼈지 않은가? 그랬다, 물론 그랬다. 나는 그를 많이 좋아했다. 그리고 그

‘많이’는 나에게는 전혀 새로운 것이었다. 하지만 내가 서둘러 떠나야 한다고 확신한 것은 그 부사 때문이었다.

비행기표를 찢어버리는 상상을 하는 것만으로도 린리에 대한 애틋한 우정은 적의에 찬 공포로 변했다. 반대로, 가방 속에 든 차가운 종이를 만지작거리는 것만으로도, 성스러운 음악이 신앙이 아니면서도 신앙을 닮은 어떤 충동으로 영혼을 전염시키듯, 사랑이 아니면서도 사랑을 닮은 환희와 죄책감의 혼합물이 내 가슴 속에 번지는 것을 느낄 수 있었다.

가끔 그가 아무 말 없이 날 안아주었다. 나는 내 최악의 적이 그때 내가 느꼈던 것을 느끼길 바라지 않는다. 린리는 한순간도 비열하거나 천박하거나 혹은 옹졸한 쾌도를 보인 적이 없었다. 그랬다면 나에겐 큰 힘이 되었을 것이다.

“있잖아, 너한테는 악이 없어.” 내가 그에게 말했다.

그가 놀란 표정으로 입을 다물고 있다가 결국 그것이 질문이냐고 나에게 물었다. 나에게 그것은 모범적인 대답처럼 보였다.

내가 정곡을 찔렀던 것이다. 내가 그를 많이 좋아한 것은 바로 그에게 악이 없기 때문이었다. 내가 그에게 사랑을 느끼지 못하는 것도 그가 악과는 전혀 낯선 존재였기 때문이었다. 나도 악을 좋아하지는 않는다. 하지만 요리에는 신 식

초가 살짝 들어가야 감칠맛이 난다. 베토벤의 〈9번 교향곡〉
에 절망에 찬 망설임들이 들어가 있지 않다면 귀는 그 음악
을 견뎌내지 못할 것이다. 예수가 가끔 증오와 가까운 말들
을 하지 않았다면 그토록 많은 사람들에게 영감을 주지는
못했을 것이다.

예수를 생각하자 문득 떠오르는 것이 있었다.

“너 아직도 여전히 사무라이 예수야?”

린리는 아주 솔직하게 대답했다.

“아, 그래. 난 까맣게 잊고 있었어.”

“사무라이 예수야, 아니야?”

“맞아.” 그가 마치 자신이 대학생이라고 선언하듯이 말했
다.

“네가 사무라이 예수라는 표식 있어?”

그가 여느 때처럼 어깨를 으쓱해보였다. 그리고 말했다.

“요즘 람세스 2세에 관한 책을 읽고 있어. 이집트 문명은
정말 대단해. 난 이집트인이 되고 싶어.”

나는 그가 어느 정도로 일본인인지 이해했다. 그는 외국
의 모든 문화현상에 대해 솔직하고 깊은 호기심을 갖고 있
었다. 일본인 중에 12세기 브르타뉴 지방 언어, 플랑드르 회
화에 나타난 코담배 모티프 전문가들이 있는 것은 바로 이

때문이다. 린리가 연이어 품은 소명에서 자신을 대상과 동일시하려는 욕망을 본 내가 틀렸다. 그는 단지 다른 사람들에게 관심을 가지고 있을 뿐이었다.

1991년 1월 9일, 난 약혼자에게 다음날 브뤼셀로 떠난다고 알렸다. 나는 마치 신문 사러 갔다 오겠다고 말하는 것처럼 가벼운 어조로 말했다.

"뭐 하러 가는데?" 린리가 물었다.

"언니랑 아는 사람들 만나러."

"언제 돌아올 거야?"

"모르겠어. 금방."

"공항까지 바래다줄까?"

"고마워. 하지만 내가 알아서 할게."

그가 고집을 부렸다. 1월 10일, 마지막으로 하얀 벤츠가 내 집 앞에서 날 기다렸다.

"가방 한 번 엄청 크고 무겁네!" 가방을 트렁크에 넣으며 청년이 말했다.

"선물 좀 챙겼어." 내가 얼버무렸다.

그 가방에는 내 소지품이 몽땅 들어 있었다.

나리타 공항에 도착한 나는 그에게 바로 그냥 가라고 부탁했다.

"난 공항에서 인사 나누는 걸 끔찍하게 싫어해."

그가 날 안아주고는 떠났다. 그의 모습이 사라지자마자 메었던 목이 풀어지고 가슴이 부풀어 올랐다. 내 슬픔은 날아갈 듯한 기쁨에 자리를 내주었다.

나는 웃었다. 나는 나에게 모든 이름을 붙였고, 내가 들어 마땅한 모든 욕설을 퍼부었다. 그래도 안도의 웃음이 터져 나오는 건 어쩔 수가 없었다.

내가 슬퍼하고, 부끄러워해야 한다는 건 나도 알고 있었다. 근데 그럴 수가 없었다.

탑승수속을 하며 나는 창가 자리를 부탁했다.

공항의 기쁨보다 더 큰 기쁨이 존재한다. 비행기에 자리를 잡으며 느끼는 기쁨. 그 기쁨은 비행기가 이륙을 할 때, 그리고 창가 좌석에 앉았을 때 절정에 달한다.

하지만 나는 솔직히 흠모하는 나라를 그런 식으로 떠나야 하는 것에 절망하고 있었다. 하지만 내 경우에는 결혼에 대한 두려움이 다른 모든 것을 능가했다. 난 좋아 어쩔 줄 몰랐다. 비행기의 날개는 내 날개였다.

비행기 조종사는 일부러 후지산 상공을 지났다. 하늘에서 내려다본 후지산이 얼마나 아름답던지! 나는 속으로 그에게 말했다.

'늙은 후지, 난 널 사랑해. 이렇게 떠남으로써 난 널 배반하는 게 아냐. 달아나는 게 사랑의 행위인 경우도 있어. 난 사랑하기 위해 자유로울 필요가 있어. 난 너에 대해 느낀 것의 아름다움을 보존하기 위해 이렇게 떠나. 부디 변치 마.'

곧 창을 통해 일본땅이 더는 보이지 않았다. 결별의 아픔도 나의 도취를 파괴하지는 못했다. 비행기의 날개가 내 몸을 연장시켰다. 날개를 가진 것보다 더 좋은 것이 무엇이 있을 수 있는가. 어떤 도시 이름이 라스베가스와 어깨를 나란히 할 수 있는가? 부조리하게도 리노가 이혼의 도시인 반면 라스베가스는 결혼이 가장 쉬운 도시였다. 나에겐 거꾸로 되어야 제격일 것처럼 보였다. 날개는 달아나는 데 쓸모가 있으니까.

달아나는 것은 그리 영광스럽지 못한 것처럼 보인다. 그런데 유감스럽게도 달아나는 것은 너무나 기분이 좋다. 도망은 가장 아찔한 자유의 느낌을 준다. 달아나야 할 이유가 전혀 없을 때보다 달아남으로써 우리는 더 큰 자유를 느낀다. 도망치는 자는 신들린 상태의 다리 근육, 소름이 돋는 피부, 벌렁거리는 콧구멍, 휘둥그레진 눈을 가지고 있다.

자유의 개념은 수도 없이 다뤄진 주제라 첫 마디만 나와도 하품이 난다. 하지만 자유의 신체적 경험은 별개의 문제다. 우리 속에 그 놀라운 가능성을 배양하기 위해 우리를 도망치게 만드는 뭔가가 늘 있어야 할 것이다. 아닌게아니라 우리를 도망치게 만드는 뭔가는 늘 있다. 하다못해 자기 자신이라도.

희소식은 자기 자신으로부터도 도망칠 수 있다는 것이다. 우리가 우리 자신으로부터 도망치는 것은 그것이 어디에나 설치될 수 있는 작은 감옥이기 때문이다. 우린 가진 것을 몽땅 챙겨 훌쩍 떠나버린다. 그러면 '나'가 너무 놀라 간수 역할 하는 걸 깜빡 잊어버린다. 우리는 추적자를 따돌리듯 자신을 따돌릴 수 있다.

창밖에 온통 하얀 겨울 시베리아가 펼쳐져 있다. 너무나 광활해 이상적인 감옥, 그곳에서 탈출을 시도하는 자들은 공간의 과잉 속에서 헤매다 죽고 만다. 그곳에 존재하지 않는 자유를 느끼는 것, 그것이 한없는 공간의 패러독스다. 그것은 너무나 넓어서 결코 벗어날 수 없는 감옥이다. 비행기에서 내려다보면 쉽게 이해된다.

내 안에 있는 자라투스트라가 눈 위에 발자국을 남겼다면 누군가 내 뒤를 밟았을 거라고 생각하는 자신을 발견한다. 날개는 기가 막힌 발상이었다.

달아나는 건 그리 영광스럽지 못한 짓이라고? 그래도 붙잡히는 것보다는 낫다. 유일한 불명예는 자유롭지 못한 것이니까.

각 승객에게 이어폰이 지급되었다. 나는 그러한 데시벨의 소리를 들으며 여행할 수 있다는 것에 감탄하며 여러 음악 프로그램을 하나씩 들어보았다. 갑자기 음악에 관한 한 내 첫 기억이라 할 수 있는 리스트의 〈헝가리 랩소디〉가 흘러나왔다. 내가 두 살 반 때다. 난 슈쿠가와의 집 거실에 있다. 엄마가 나에게 엄숙하게 말한다. '이건 〈헝가리 랩소디〉야.' 나는 그것이 하나의 이야기인양 귀를 기울인다. 그렇다, 그건 하나의 이야기다. 나쁜 사람들이 말을 타고 도망치는 좋은 사람들을 뒤쫓는다. 나쁜 사람들도 기사들이다. 더 빨리 달리는 쪽이 이긴다. 가끔 음악은 착한 사람들이 탈출에 성공했다고 말한다, 하지만 그들이 잘못 생각했다, 그들이 추격을 뿌리쳤다고 생각하도록 나쁜 사람들이 속임수를 쓴 것이다, 그건 그들을 더 쉽게 붙잡기 위한 것이다, 그래, 그거야, 좋은 사람들도 술수를 깨달았다, 하지만 너무 지체했다. 그들은 위험에서 벗어날 수 있을까? 그들은 전속력으로 질주한다, 그들은 말과 하나가 된다, 질주가 말과 그들을 탈진시킨다, 나도 그들 곁에 있다, 내가 이쪽 편인지 저쪽 편인지 나도 모른다, 하지만 나는 필시 도망자들 편이다, 난 사냥감의 영혼을 가지고 있으니까, 내 심장이 미친 듯이 뛴다, 오, 절벽이다, 말들이 저 심연을 건너뛸 수 있을까, 그래야만 할 것이다, 안 그러면 쫓는 자들의 손아귀에 떨어지고 말 테니까, 나는 겁에 질려 두 눈을 크게 뜬 채 귀를 기울인다, 말들이 펄쩍 뛰어오른다, 가까스로 건너편 절벽에 착지한다, 됐다, 나쁜 사람들은 뛰지 못한다, 그들은 달아나지 않아도 되기 때문에 덜 용감하다, 붙잡고자 하는 욕망은 붙잡히면 어떡하나 하는 두려움보다 덜 격렬하다, 그래서 〈헝가리 랩소디〉는 승리로 끝이 난다.

나는 그 비행기에 페가수스라는 이름을 붙여준다. 리스트의 음악은 내 기쁨을 천 배로 증폭시켜 주었다. 나는 스물세 살이고, 아직 내가 찾고 있는 것을 찾지 못했다. 삶이 내 맘에 드는 것은 바로 그 때문이다. 스물세 살에 아직 자신의 길을 찾지 못한 건 좋은 일이다.

1991년 1월 11일, 나는 자벤텀 국제공항에 착륙했다. 나는 나를 기다리고 있던 쥘리에트의 품속으로 뛰어들었다. 힝힝, 멍멍, 어훙, 음메, 뿌우, 뻐꾹, 쨱쨱, 온갖 짐승들의 소리를 실컷 낸 다음에야 언니가 나에게 물었다.

"다신 떠나지 않을 거지, 안 그래?"

"응, 여기 있을 거야!" 부정의문문의 모호함을 걷어내기 위해 내가 대답했다.

쥘리에트의 차를 타고 브뤼셀에 있는 우리 집으로 갔다. 그랬다, 그게 바로 벨기에였다. 낮게 깔린 회색 하늘, 협소한 국토, 짤막한 외투를 걸친 채 가방을 들고 지나가는 노파, 그리고 전차들을 바라보며 나는 감회에 젖어들었다.

"린리도 올 거야?" 쥘리에트가 물었다.

"아마 안 올 거야." 내가 얼버무렸다.

언니는 뭐든 꼬치꼬치 캐묻지 않는 훌륭한 센스를 지니고 있었다.

우리 둘의 생활이 1989년 이전처럼 다시 시작되었다. 언니와 함께 사는 것은 좋은 일이었다. 벨기에 사회보장공단은 나에게 가정부라는 신분을 부여함으로써 우리의 결합을 공식화했다. 내 신분증에는 '쥘리에트 노통브의 주부'라고 기재되어 있었다. 지어낸 얘기가 아니다. 나는 내 직업을 아주 심각하게 받아들여 세탁과 청소를 도맡아 했다.

1991년 1월 14일, 나는 『살인자의 건강법』이라는 제목의 소설을 쓰기 시작했다. 쥘리에트는 아침마다 출근을 하며 '안녕, 주부!'라고 말했다. 나는 아주 오랫동안 글을 썼다. 그리고 세탁기에 넣어둔 채 깜빡했던 빨래를 꺼내 널었다. 저녁이 되면 퇴근한 쥘리에트가 수고했다며 주부의 등을 토닥거려주었다.

일본에서 월급 일부를 떼어 저금해뒀던 돈이 꽤 되었다. 아껴 쓰면 2년은 족히 버틸 수 있는 액수였다. 2년이 지나도 내 책을 내줄 발행인을 찾지 못하면 그때 가서 해결책을 찾아보지 뭐, 배짱 좋게도 난 이렇게 생각하고 있었다. 난 그 생활이 좋았다. 일본기업에서 생고생하던 시절을 떠올리면 그 생활이 더욱 목가적으로 느껴졌다.

가끔 전화벨이 울렸다. 난 린리의 목소리를 접하고 깜짝 놀랐다. 그를 까맣게 잊고 있었고, 내 일본 생활과 벨기에 생활이 전혀 관계가 없다고 여기고 있었으니까. 그 둘 사이에 전화교환이 있을 수 있다는 사실이 나에겐 시간여행만큼이나 신기하게 여겨졌다. 청년은 깜짝 놀라는 내 반응을 놀라워했다.

"뭐 해?" 그가 나에게 물었다.

"글 쓰고 있어."

"돌아와. 여기서 써."

"나는 쥘리에트 언니의 주부이기도 해. 청소도 하고, 빨래도 하고."

"너 없을 땐 어떻게 했대?"

"되는 대로 살았대."

"그럼 그녀도 데리고 와."

"좋아. 대신 우리 언니하고도 결혼해야 돼."

그가 웃었다. 하지만 내 말은 농담이 아니었다. 당시 나로선 그것이 그 결혼을 받아들일 수 있는 유일한 조건이 아니었나 싶다.

그가 끝으로 이렇게 말했다.

"네가 더 이상 지체하지 않았으면 좋겠어. 보고 싶어."

그리고 전화를 끊었다. 원망이나 질책은 단 한 마디도 없었다. 그는 착했다. 양심의 가책을 약간 느끼긴 했지만 그것은 금방 지나갔다.

전화가 점점 뜸해지다가 마침내 더 이상 걸려오지 않았다. 따라서 나는 결별이라 불리는 야만적이고 거짓된, 그 무엇보다 기분 꿀꿀한 절차를 면제받았다. 천인공노할 범죄를 저질렀을 경우를 제외하고, 나는 사람들이 관계를 끊는 것을 이해할 수 없다. 누군가에게 끝났다고 말하는 것은 추할 뿐더러 사실이 아니다. 결코 끝난 게 아니니까. 우리가 누군가를 더는 생각하지 않을 때조차 그의 즉자적 현존을 어떻게 의심할 수 있는가? 한 번 소중했던 사람은 영원히 소중하다.

린리의 경우, 내가 아주 못되게 굴었다고 봐야 할 것이다.

‘넌 나에게 엄청 잘해줬어, 넌 날 행복하게 해준 첫 남자야, 넌 탓할 게 전혀 없는 사람이야, 내가 가진 건 너와 함께 한 즐거운 추억뿐이야, 하지만 이제 더는 너랑 있고 싶지 않아.’ 내가 그에게 그런 파렴치한 말을 했다면 난 나 자신을 지독하게 미워했을 것이다. 그것은 그 아름다운 이야기를 더럽혔을 것이다.

난 그와 같은 품격을 지켜준 것에 대해 린리에게 감사한다. 그는 내가 구태여 말하지 않아도 내 메시지를 이해했다. 이렇게, 완벽한 관계를 경험하는 기회가 나에게 주어졌다.

어느 날, 전화벨이 울렸다. 알뱅 미셸 출판사의 프랑시스 에스메나르였다. 그는 자신이 1992년 9월 1일, 파리에서 『살인자의 건강법』을 출간할 거라고 말했다. 그리고 새로운 삶이 시작되었다.

1996년 초, 아버지가 도쿄에서 전화를 거셨다.

"린리가 청첩장을 보내왔어. 결혼한대."

"그래요?"

"프랑스 여자랑."

웃음이 나왔다. ‘볼테르의 언어에 끌리는 건 여전하군.’

1996년 12월, 내 일본 발행인이 『살인자의 건강법』 출간에 맞춰 날 도쿄로 초대했다.

비행기를 타고 도쿄로 가며 난 묘한 기분이 들었다. 내가 도망쳤던 나라에 못 가본 지 6년 가까이 되었다. 그 사이, 나에게 너무 많은 일들이 일어났다. 1991년 1월 10일, 나는 막 사표를 낸 화장실 관리인이었다. 1996년 12월 9일, 난 기자들 질문에 답하는 작가였다. 그것은 사회적 신분상승이 아니라 아예 신분 밀매에 가까웠다.

비행기 조종사가 지시를 받은 모양이었다. 비행기는 후지산 상공을 지나지 않았다. 도쿄에 도착한 내가 알아본 것은 별로 없었다. 도시는 거의 변하지 않았지만, 그곳은 더 이상 내 실험장이 아니었다. 나는 공식 자동차를 타고 기자회견장으로 향했고, 기자들은 정중한 태도로 나에게 심각한 질문을 던졌다. 나는 그들의 질문에 가볍게 대답했다. 나는 그들이 내 말을 일일이 받아 적는 것을 보고 마음이 불편했다. 그래서 그들에게 이렇게 말해주고 싶었다. '이런, 웃자고 한 얘기예요!'

일본 발행인이 책 홍보를 위해 칵테일파티를 열었다. 파티장은 초대 손님들로 붐볐다. 1996년 12월 13일, 난 그 군중 속에서 1991년 1월 9일 이후로 두 번 다시 못 본 얼굴을 보았다. 나는 그의 이름을 부르며 달려갔다. 그가 내 이름을 불렀다. 나는 갑자기 멈춰 섰다. 몸무게 60kg의 대학생이 90kg의 어엿한 신사로 변해 있었던 것이다. 그가 웃으며 말했다.

"몸이 많이 불었지, 안 그래?"

"무슨 일 있었어?"

나는 그 멍청한 질문을 내뱉은 내 입술을 깨물었다. 그는 나에게 '네가 떠났잖아' 라고 대답할 수도 있었을 것이다. 그는 세련되게도 그 대답을 자제했고, 어깨를 으쓱하는 특유의 동작을 취하는 것으로 만족했다.

"안 변했네." 내가 웃으며 말했다.

"너 역시."

나는 스물아홉, 그는 스물여덟 살이었다.

"프랑스 여자와 결혼했다면서?" 내가 다시 말했다.

그가 고개를 끄덕이고는 그녀는 일이 있어 오지 못했다며 대신 사과했다.

"장군의 딸이야." 그가 덧붙였다.

난 그 엉뚱한 소식에 웃음을 터뜨렸다.

"못 말리는 린리!"

"못 말리는 나."

그가 들고 있던 『살인자의 건강법』에 헌사를 써달라고 부탁했다. 난 머리 속이 텅 빈 것처럼 내가 뭘 쓰고 있는지조차 알지 못했다.

다른 사람들이 차례를 기다리고 있었다. 작별을 해야만 했다. 그때 소름끼치는 일이 일어났다.

린리가 지나가는 말처럼 나에게 말했다.

"너에게 사무라이들이 나누는 우애의 포옹을 해주고 싶어."

그 말이 나에게 끔찍한 힘을 발휘했다. 그 청년을 다시 만나 너무 기뻤던 나는 갑자기 참을 수 없는 감동에 휩싸였다. 나는 솟구쳐 오르는 눈물을 감추기 위해 그의 품에 달려들었다. 그가 나를 꼭 안아주었고, 나도 그를 꼭 안아주었다.

그가 정확한 말을 찾아냈던 것이다. 그가 그 말을 찾아내는 데 7년이 넘게 걸렸다. 하지만 너무 늦은 것은 아니었다. 그가 나에게 사랑을 말했을 때, 나는 그것이 정확한 말이 아니었기 때문에 그것을 무시했다. 하지만 그때, 그는 나와 함께 겪었던 것을 말했다. 나도 그걸 그때 깨달았다. 누가 나한테 정확한 말을 하면, 나는 그때서야 그것을 느낄 수 있게 된다.

포옹이 지속된 10초 동안, 나는 그 긴 세월 동안 느껴야 했던 것을 느꼈다.

단 10초 만에 느낀 7년 동안의 감정, 그것은 끔찍할 정도로 강했다. 그러니까 린리와 나는 바로 그것이었다. 우애를 나눈 사무라이들의 포옹. 그것은 멍청한 사랑 이야기보다 훨씬 더 아름답고 고결했다.

곧 두 사무라이가 포옹을 풀었다. 린리는 뒤도 돌아보지 않고 가버리는 훌륭한 센스를 갖고 있었다. 나는 눈이 눈물을 다시 삼키도록 하늘을 향해 고개를 들었다.

나는 다음 사람을 위해 헌사를 써주어야 하는 사무라이였다.

누구에게나 설레는 첫사랑 이야기

올해도 아멜리 노통브가 어김없이 찾아왔다. 누구에게나 설레는 첫사랑 이야기를 들고. 아멜리는 아무래도 자전적 이야기를 쓸 때 어깨와 손목에 힘이 덜 들어가는 것 같다. 예년작 『황산』, 『제비일기』에 비해 훨씬 발랄하고 우아하고 재미있다. 현지 언론도 호평 일색이다. 뜻밖에도 주로 재능이 엿보이는 신예작가에게 돌아가는 플로르(Flore) 상까지 받았다.

아멜리의 16번째 작품 『아담도 이브도 없는』은 그녀가 16년 전쯤(매년 한 권씩이니 작가로 데뷔하기 직전) 16년 만에 (그녀는 일본에서 태어나 다섯 살까지 살았다) '운명을 완수하기 위해', 말하자면 일본여자가 되기 위해 다시 일본 땅을 밟으면서 시작된다.

일본어를 빨리 배우기 위해 그녀가 슈퍼마켓 게시판에 쪽지를 남긴다. '프랑스어 과외, 흥미로운 가격.' 전화를 걸어온 건 스무 살 청년 린리, 콘크리트 성에 살며 하얀 벤츠를 몰고 다니는 갑부의 아들, 말하자면 현대판 백마 탄 기사님이다. 비유가 아니다. 실제로 그는 공주에게 헌신적인 사랑을 바치는 중세 기사처럼 행동하고, 난데없이 템플 기사가 되겠다고 고집을 부리기까지 한다(아멜리의 손에 들러붙은 스위스 퐁뒤를 이빨로 갉아내는 그의 모습을 상상해보라. 영판 무릎 꿇고 귀부인의 손에 입을 맞추는 중세기사의 모습이다). 그는 더없이 진지하게 프랑스식 사랑을 흉내낸다. 그렇다면 아멜리는? 그녀가 린리에게 느끼는 건 '아이(愛)'가 아니라 '코이(戀)'다. '코이'는 전혀 심각하지 않은, 가볍고, 우아하고, 재미있고, 섬세한 감정이다. '코이'의 가장 큰 매력은 순전히 장난삼아 '아이'를 패러디하는 데 있다(작품 곳곳이 패러디인데—심지어 프랑스어판 책표지는 영화 〈킬빌〉의 패러디다—그 중에서도 '최후의 만찬', '아담과 이브' 패러디는 그야말로 압권이다). 그 일본인 청년이 정형화된 일본 연애방식에 따라 벚나무 아래에서 사랑의 노래를 불러줄 때, 그녀는 웃음을 참느라 애를 먹는다. 그에게 상처를 주지 않기 위해. 어쩌면 그들은 그렇게 오랫동안 서로의 문화를 향유하며 관계를 이어갈 수도 있었을 것이다. 린리가 청혼만 하지 않았다면. 그 사이 일본기업 유미모토 사에 입사해 갖은 굴욕을 당하던 아멜리에게 린리의 청혼은 어떻게 보면 구원의 손길이나 다름없다. 지옥 같은 직장을 때려치우고, 꿈꾸던 일본 국적을 얻고, 평생 갑부의 아내로 살 수 있는 절호의 기회니까. 그러나 아멜리는 청혼을 받아들일 수 없다. 새로운 이브는 새로운 아담이 따다준 과일을 나눠먹지 않는다. 그녀는 '위험을 걱정하지 않고 1,900미터 고지를 날아오르는 새', '후지 산과 춤을 추는 자라투스트라'니까. 자유는 그녀가 막연히 꿈꾸던 것의 전제조건이니까. 그래서 그녀는 천마 페가수스를 타고 달아난다. 연(戀)과 연(緣)을 단칼에 베어버리고 비상함으로써 작가가 된다.

그런데 잘못 놀린 혓바닥에 살아 있는 낙지가 여전히 붙어 있다. 몇 년 후, 일본에서 열린 『살인자의 건강법』 출판기념회에서 다시 만난 린리가 (젓가락으로 찌르듯) 정곡을 찌르는 말을 해준 다음에야 낙지의 빨판이 떨어진다. '사랑이야기를 소화하는 데에는 시간이 많이 걸리는' 법이니까. 젊은 한 시절, 세상을 부유하며 맛과 멋을 함께 나눈 사무라이들의 '우애어린 포옹'에 얼어 있던 그녀의 가슴 한구석이

녹는다. 그리고 눈물이 흐른다.

　『아담도 이브도 없는』은 곳곳에 배치된 패러디와 문화적, 언어적 차이에 착안한 유머가 돋보이고, 아멜리가 쓴 중에선 드물게도 '누군가를 죽이고자 하는 욕망을 가진 이가 없는' 깔끔한 소설이다. 올해 보졸레 누보 맛은 어떤지 모르겠으나, 2007년산 아멜리 노통브는 맛이 빼어나다. 마음껏 시음해 봐도 될 듯!

2008년 11월

이 상 해